Strade blu

Simonetta Agnello Hornby
Mimmo Cuticchio

SIAMO PALERMO

MONDADORI

Alle pagine 94-95 mappa di Palermo disegnata da Michele Tranquillini

Initial Caps Victoriana di © Mohammed Rifas/Shutterstck

▲ librimondadori.it

Siamo Palermo
di Simonetta Agnello Hornby e Mimmo Cuticchio
Collezione Strade blu

ISBN 978-88-04-71325-8

© 2019 Mondadori Libri S.p.A., Milano
I edizione settembre 2019

Siamo Palermo

ad Agata, Cristina, Ninfa e Oliva,
le dimenticate

Dall'alto

Dovrebbero guardarsi dall'alto, da molto in alto, e qui il cielo è altissimo.

Possono riconoscersi, figure che si stagliano nelle piazze, nel taglio ortogonale delle vie maggiori, nel dedalo dei vicoli, negli anfratti azzurri della Marina, nel bronzo estivo dei giardini. Sono loro, si muovono con intatta curiosità di visitatori permanenti, e la città li contiene come un'abside, come la tolda di una nave, come un teatro. Questa città li ha chiamati a un appuntamento insolito, che va ben oltre l'occasione di lavorare insieme a un libro, o che comunque attraverso il libro li mette di fronte a un'identità che si rinnova – la sua, di città magnificamente contraddittoria, e la loro, di osservatori e cittadini.

Eccoli laggiù, Simonetta e Mimmo. Si riconoscono presenti al loro tempo, lo vedono scritto sulle strade, sui muri, sulle facciate slabbrate dei palazzi, nelle bocche aperte dei portoni, nelle curve delle chiese; sentono il respiro della memoria, che è insieme la loro e quella civile. Eccoli lì, piccoli e apparentemente disarmati rispetto alla vita che continua a sbummicare come i profumi di un giardino a primavera, una vita collettiva che hanno imparato a conoscere ma che non smette di trasformare e trasformarsi.

Si sono dati un appuntamento ideale fra passato e futuro, sot-

to l'occhio delle sante protettrici, Agata, Oliva, Ninfa e Cristina, ai Quattro Canti. E poi si sono dati una serie di appuntamenti lungo il percorso che annoda piazza Politeama e via Bara all'Olivella, si sono chiesti dove andare, e hanno camminato, hanno camminato tanto. Si sono portati in giro l'un l'altra. E ora sono giù, in fondo a questa scena immensa fra la cintura dei monti e il mare, a guardar bene sono visibili – una chioma di capelli bianchi che si muove come una nuvola e una sciarpa di seta che, alla prima ventata, sbatte come una vela.

Hanno entrambi sulle spalle l'esperienza della città: hanno vissuto tanto, hanno letto tanto, ma non basta mai. In una città come questa non si può mai smettere di guardare, e di guardare con occhi che perciano la pietra, i secoli, le storie e arrivano al cuore o ai molti cuori che hanno battuto dentro questa scena. Entrambi sentono aria di famiglia: ne vanno alla ricerca, e mentre guidano i loro invisibili interlocutori verso i luoghi noti, scoprono a ogni passo ciò che noto non è, che non è noto a loro per primi. Città dell'Europa. Capitale della cultura. Dov'è l'Europa? È l'Europa che viene o sono loro che spingono la città verso il Continente come un'île flottante? Dov'è l'Europa?

Lo sanno i pupi di Mimmo, lo sanno i personaggi di Simonetta dov'è, perché l'hanno conosciuta. Ma ora Simonetta e Mimmo ricominciano da capo. Si lasciano portare, dalla memoria delle pietre, dalla memoria degli uomini che hanno fatto grande o hanno fatto miserabile questa città. Si lasciano portare dai fantasmi, e dalla lingua universale che gloria e patimento hanno creato ogni volta che la Sicilia ha cambiato dominazione e sogni di futuro. Eccoli lì. Abituatevi alla loro presenza. Sintonizzatevi sulle loro storie. Seguiteli. Sono due facce di una sola, misteriosa identità. Mentre la città ancora una volta cambia, mentre una nuova generazione di giovani sogna un nuovo inizio, mentre l'Italia si annuvola e del passato sembra preferire le certezze ottuse, loro provano a spiare da qui quanta vita c'è stata, quanta città è entrata nelle loro fibre più nascoste, di quanta complessità è fatta la libertà che hanno imparato ad amare.

Ora possono abbandonare l'altezza che tutto abbraccia. Sono di fronte a chi legge. Sono semplicemente gli occhi che imparano ad assimilare tutta l'identità di cui hanno bisogno. Eccoli, lo dicono, lo ripetono: "Siamo qui. Siamo Palermo".

Perché sono nata a Palermo

Mamma adorava raccontare la mia nascita a Palermo, il momento più felice della sua vita. Nel 1945 le donne partorivano nella casa paterna, dunque tutti si aspettavano che sarei nata ad Agrigento, in casa di nonna Maria. Ma all'ultimo momento si prospettò la necessità di un cesareo e l'ostetrico consigliò di farmi nascere a Palermo, semmai ci fossero state complicazioni.

In casa dei nonni Agnello non c'era posto: ospitavano la figlia sposata, il marito e cinque bambini. Venne in soccorso la mia bisnonna Francesca, la madre di nonna Maria. Nacqui nel suo salotto, addobbato a sala parto: candide lenzuola matrimoniali coprivano gli specchi, le applique e il lampadario erano avvolti in teli e sui divani, spinti in un angolo, erano stati stesi copriletti di cotone. Alla fine, il professor Savona riuscì a evitare il cesareo.

L'arrivo di una femmina causò sconforto e delusione soprattutto al nonno paterno, che desiderava fortemente l'erede maschio; in più, avevo un bozzo sulla fronte. La nonna si rifiutò di darmi il suo nome, Benedetta. Avrei potuto prendere quello della nonna materna, ma in famiglia c'erano già due cugine che si chiamavano Maria. La scelta di un nome "di capriccio" spettava agli Agnello, che, nel racconto di mamma, non riuscivano a mettersi d'accordo. Lei dal letto implorava «Paola, Paola», ma loro non le davano conto.

Il terzo giorno papà scrisse i nomi più gettonati – Gloria, Simonetta e Jolanda – su un pizzino e con quello si presentò all'ufficio anagrafe del municipio. «Mi è nata una figlia» annunciò all'impiegato allo sportello, e passandogli il pizzino gli ingiunse: «Scelga lei». L'impiegato scelse Gloria.

Tornato a casa, papà fu accolto da lamentele. Gloria era un nome per una bella bambina, non mi si addiceva: il bozzo sulla fronte era cresciuto ed ero decisamente brutta. Tutti furono d'accordo nel battezzarmi Simonetta.

Nonostante ciò, fui amatissima.

Come tanti piccoli Colapesce

Sono un oprante puparo, figlio d'arte. Sono oprante perché do voce ai miei pupi, puparo perché li costruisco, figlio d'arte perché porto avanti la tradizione del Teatro dei Pupi avviato da mio padre Giacomo nel 1933.

Nella prima metà degli anni sessanta, l'Opera dei Pupi subì una forte crisi. L'allontanamento del pubblico tradizionale da un lato e l'assenza delle istituzioni dall'altro portarono gli ultimi maestri a specializzarsi in "spettacoli per turisti". Comitive di stranieri e qualche sparuto spettatore occasionale sostituirono il pubblico che era solito affollare il teatro. Anche mio padre fu costretto ad arrendersi alla crisi e accettò di replicare sempre lo stesso spettacolo per gruppetti di turisti. Contravvenendo a quanto egli stesso aveva insegnato a noi figli, pensò che fosse l'unica possibilità per garantire la sopravvivenza e un futuro ai suoi pupi.

Cresciuto nel rispetto delle regole e con una fede incrollabile nella tradizione, a ventun anni mi trovai dinanzi a un bivio. Non avevo scelta: continuare a lavorare nel teatro di mio padre, in quel momento storico, avrebbe significato tagliare per sempre i fili dei pupi, interrompendo il loro viaggio verso il futuro. Dovevo cercare un altro maestro, che mi aiutasse nella costruzione di nuovi pupi, i "miei" pupi, per il nuovo teatro che sognavo di aprire.

«Sè vuoi cambiare spettacolo costruisciti i pupi con le tue mani e apri un teatro tuo» fu la sfida di mio padre. Era un uomo esigente, di poche parole, legato alla tradizione che voleva i figli collaborare con il padre fino a quando non si creavano una famiglia propria. Così, quando finalmente riuscii a coronare il sogno di inaugurare il mio teatro, capii che lui mi considerava un antagonista. Mi risuona ancora forte la sua voce dal fondo della sala: «Parra cchiù forte, ca ri cca sutta un si senti nenti» (parla più forte, che da quaggiù non si sente niente).

Giuseppe Celano era un cuntista di tradizione. Intonando una metrica particolare, raccontava le stesse storie che sin dall'infanzia avevo visto rappresentare con i pupi a mio padre: attraverso la parola, proiettava immagini nella mente di chi ascoltava. Il mio apprendistato presso Celano durò fino alla sua morte, avvenuta nel 1973, ad appena settant'anni. Con un metodo di insegnamento singolare, che trasmetteva il sapere attraverso la pratica diretta, riuscii ad apprendere i segreti dell'arte del cunto e a studiare le affinità tra la presenza scenica del narratore e quella dell'oprante. Dunque la mia nascita, la mia infanzia e la mia giovinezza sono strettamente legate all'Opera dei Pupi e al cunto. Oggi, oltre a essere oprante, sono l'ultimo cuntista di tradizione e spero il primo di una nuova generazione.

Piazza della Fieravecchia, chiamata piazza Rivoluzione, è il luogo della mia prima infanzia. Lì vicino, nel cortile Schiavuzzo, c'era la nostra casa-teatro, mentre la mia scuola elementare si trovava a piazza Magione. Spesso andavo da mio nonno Nino (il padre di mia madre), che di mestiere faceva il falegname e abitava in via Vetriera. Il nonno mi raccontava di un bambino di nome Cola, chiamato Colapesce per la sua capacità di stare a lungo sott'acqua senza respirare. La fama di Cola giunse alle orecchie del re Guglielmo di Sicilia, che decise di rivolgersi a lui per trovare un tesoro che si diceva fosse nascosto in mare, in corrispondenza di una delle tre punte dell'isola. Così, Cola partì da Trapani: si immerse nelle profondità marine, ma trovò solo un'imponente colonna di pietra lesionata in più punti. Quindi si spostò dalle parti di Siracusa, ma anche lì, invece del tesoro, trovò una colonna lesionata. Infine si spostò a Messina. Cola non sapeva che in quel punto non era facile raggiungere il fondo. Mentre scendeva sempre più giù, si accorse che la lunga colonna che reggeva la terza punta della Sicilia stava per sgretolarsi. Così, per timore che si spezzasse, decise di prenderla sulle proprie spalle. Quando chiedevo al nonno dove fosse finito Colapesce, lui rispondeva che era ancora sott'acqua, a reggere la colonna per non fare sprofondare la Sicilia.

Noi bambini dei quartieri popolari eravamo tanti piccoli Colapesce: partivamo da piazza Rivoluzione, dalla Magione, dallo Spasimo, da via Alloro, da via Scopari, dalla Kalsa per raggiungere la caletta accanto all'istituto degli orfanelli di padre Messina. I più piccoli giocavano sulla spiaggia, chiusa all'altra estremità dalla banchina alla quale attraccavano le barche dei pescatori. Alla punta c'era uno scoglio, da dove si tuffavano i ragazzi più grandi. Mio zio Vittorio, fratello di mia madre, aveva sette anni più di me e già sapeva nuotare, tanto che mia madre si fidava di lui e gli permetteva di portarmi con sé.

L'insenatura sembrava una piscina, l'acqua era così pulita e trasparente che sul fondo si vedevano passare persino le lumachine di mare. E noi sembravamo tanti anatroccoli dentro una bagnarola; non ricordo che qualcuno si sia mai fatto male. I più grandicelli si fermavano alla prima scaletta, dove l'acqua arrivava al petto, mentre i ragazzi grandi, che sapevano nuotare bene, si spingevano più avanti pur non perdendo mai di vista noi bambini. La figura del bagnino, in questo tratto di mare, era superflua.

Il monte masculo

Da Agrigento si andava a Palermo regolarmente, in automobile. Io viaggiavo da sola con papà, sulla sua bella Lancia Aurelia, mentre Paolo (l'autista) portava mamma, mia sorella Chiara e la bambinaia Giuliana. Si andava insieme fino alla solita sosta per il picnic – dopo Lercara, vicino a una fontanella di acqua potabile –, poi ci separavamo, e papà e io sfrecciavamo avanti. Guidava molto bene: in gioventù aveva partecipato ad alcune gare, ma dopo il matrimonio mamma lo aveva convinto a smettere. La Lancia guizzava sui tornanti superando tutti, corriere e automobili. Io mi divertivo moltissimo, per nulla spaventata e anzi compiaciuta. Su quella Lancia sono continuata a tornare, fra sonno e veglia, come si ritorna nel cerchio di un'appartenenza profonda, con la chiarezza cristallina delle visioni, in cui fatti davvero avvenuti, o sognati, ricordi ed emozioni si mescolano e si rimescolano.

Superata Misilmeri, iniziava la salita verso le montagne che circondano Palermo. Papà tacchiava, impaziente, tallonava le corriere e anche in curva faceva ruggire il motore premendo sull'acceleratore; poi scalava la marcia, rombando, finché l'autista rallentava per lasciarsi superare, e allora lui lo ringraziava con un gesto della mano. Riprendeva a guidare più piano, ma era subito pronto ad accelerare appena c'era un'altra corriera in vista.

Prima di cominciare la discesa verso Palermo, papà toglieva il piede dall'acceleratore.

«Tra poco vedremo Palermo, la tua città» diceva serio. E quando aggiungeva «tu sei nata qui» mi sentivo importante. Come il sipario dell'Opera dei Pupi dove mi portavano i cuginetti palermitani, il cielo pian piano si sollevava e cominciavo a vedere Monte Pellegrino e il mare di un blu profondo, così diverso da quello chiaro e sabbioso di Agrigento.

Dentro il teatro delle mie notti, la severità del monte e il blu del mare hanno la consistenza impalpabile delle inconsistenze di mio padre, che figli non ne avrebbe voluti ma che mi ha accettato e amato. Come ha amato i nipoti che gli ho dato. Vedo e sento, e in quel sentire c'è il mio viaggio dentro il mondo, dato che Palermo, in quel caso, è propriamente il mondo, il mondo quando si rivela come destino.

Mentre l'Aurelia scendeva lenta, papà osservava i giardini di aranci della Conca d'Oro, dal fogliame abbondante, verde e lucido, i frutti verdi, gialli o arancio, secondo la stagione. Lungo il perimetro degli agrumeti, filari di nespoli dai tronchi alti e grigi protendevano i rami dal fitto fogliame appuntito a proteggere gli aranci. Adoravo le nespole, solo a guardare mi veniva l'acquolina in bocca.

Intanto Monte Pellegrino si avvicinava e il golfo di Palermo si apriva dinanzi a noi, maestoso. Ero molto miope e non portavo gli occhiali – mamma sperava ancora che un altro oculista avrebbe dato una diagnosi migliore –, cosicché ero abbagliata dalla luce e dai colori ma non vedevo i campanili, le cupole delle chiese e dei teatri, i palazzi che papà mi indicava con ampi gesti della mano, l'altra sempre stretta sul volante.

Devo essere grata a quella miopia, perché ora la avverto quasi fosse un tessuto dalle maglie larghe che lascia vedere e confonde, e che ha il prezioso candore del sogno.

Più mi avvicinavo e meglio vedevo Monte Pellegrino,

una massa di pietra azzurra verde marrone gialla con una macchia rosa a sinistra, castello Utveggio: il proprietario aveva fatto debiti per costruirlo e poi, non riuscendo a farvi fronte, si era suicidato gettandosi nel vuoto. «Megalomani sono i palermitani, tutta apparenza» era il secco commento di papà.

La voce di papà. Tutte le volte che rientro con lui nella mia Palermo, quelle sue battute risuonano precise. Sento che parla, accanto a me. Vedo le mani sul volante. Ha la severità e la dolcezza di una guida, e quando dice "tutta apparenza", forse sa che sta parlando a una bambina e che quell'espressione continuerà a risuonare per sempre. Ma quando diceva "Palermo è la tua città" c'era un certo orgoglio, e forse qualcos'altro. Forse, come me, amava moltissimo Palermo, pur denigrandola. Ma non voleva ammetterlo.

A me piaceva, Monte Pellegrino. Una volta ci ero stata con mamma e suo cugino, zio Ignazio, per mostrarlo a zia Verena, una svizzera alta e bionda che odiavo, perché a tre anni mi ero innamorata dello zio e avevo sperato di sposarlo. Erano passati altri tre anni da quando eravamo stati in gita a Monte Pellegrino, ma ancora mal tolleravo l'"intrusa". Fu la mia prima pena d'amore, e sicuramente la più dolorosa. In quell'occasione, salendo sui larghi tornanti, si notavano automobili parcheggiate sul bordo della strada, e anche tra gli alberi del bosco. Ridendo, lo zio spiegò alla svizzera che le coppiette di innamorati si appartavano lì e le carezzò la guancia. Li avrei uccisi. Il fratello di mamma, al volante, suggerì scherzoso che probabilmente non era così, quelle erano ragazze "leggere". Risero tutti, tranne me. Che cosa significava "ragazze leggere"? Una volta a casa, lo domandai a mamma. «Ragazze poco serie, che probabilmente non si sposeranno mai» fu la risposta. «Una ragazza per bene non deve mai comportarsi come loro.» Era imbarazzata, non domandai altro.

Quando andavo a Palermo con papà, appena intravedevo Monte Pellegrino pensavo alle ragazze leggere. Quella volta mi sentivo leggera anch'io, e mi librai nell'aria. Svolazzavo su Palermo. Ignaro, papà continuava: «Guarda la cupolazza del teatro Massimo: tre monasteri sono stati demoliti per costruirlo! E hanno distrutto il lungomare, scaricando in acqua le macerie della guerra... questi disgraziati hanno tolto il mare ai palermitani!». E poi: «Non devi sposarti mai! E comunque, mai con un palermitano!». Ma io svolazzavo su Monte Pellegrino e sognavo di essere una ragazza leggera con zio Ignazio: avrei fatto tutte le leggerezze che voleva, per renderlo felice. Di sesso sapevo poco e niente, ma sentivo dentro un formicolio struggente e delizioso.

A casa ho una veduta di Monte Pellegrino, il mio posto preferito nel mondo. È il mio punto fermo, è il posto dove sono cresciuta. Per me è un lui, un monte masculo. Non per nulla le ragazze leggere ci stavano così bene, e i palermitani lo preferivano all'Aspra, a Monte Cuccio e a San Martino delle Scale per le loro "cose leggere".

Dovevo sapere dov'era, se ero lontana.

Quando fui mandata a Cambridge per imparare l'inglese, mi portai una bussola – regalo di mio cugino Gaspare – in modo da sapere dove guardare per dare a Monte Pellegrino, e a me stessa, la buonanotte. Ho continuato a usarla dovunque fossi, anche dopo aver preso marito. Mi ha detto dov'era Monte Pellegrino dal Kansas, dal Massachusetts, dallo Zambia e da Oxford.

Io appartenevo a Monte Pellegrino, e Monte Pellegrino apparteneva a me. Prima o poi sarei tornata da lui. Come gli aborigeni australiani, avevo la mia montagna sacra.

Tutto cambiò quando nacque il mio primo figlio. Da allora non ho più voluto sapere dov'è Monte Pellegrino. Non voglio sapere dov'è perché non è da lui che devo tornare. Rimane nel mio cuore, ma il mio posto è dove sono i miei figli.

A papà non piaceva la sua gente

Fino a undici anni vissi tra la nostra campagna di Mosè, la casa di Agrigento e quelle della bisnonna Francesca e di zia Teresa a Palermo, dove andavamo spesso e rimanevamo per settimane intere.

A Palermo c'erano i palazzi e le case dei nobili della Sicilia occidentale. Mio padre non apprezzava l'aristocrazia baronale a cui apparteneva, che secondo lui non aveva più motivo di esistere: l'Italia era una Repubblica e noi, che vivevamo di rendita e non del nostro lavoro, eravamo dei parassiti. Come tali, dovevamo estinguerci. Non avremmo dovuto dunque riprodurci, secondo lui. Tant'è che ripeteva costantemente a me e a mia sorella Chiara tre bizzarri ordini: «Non prendere marito. Non avere figli. Lavora».

I palermitani gli sembravano gradassi e pigri. Eppure voleva molto bene a Paolo, palermitano doc, autista di famiglia da quando papà aveva tre anni; e gli piacevano i mercati e gli oratori dei Serpotta, l'Opera dei Pupi (fu lui a portarmi per la prima volta alla Kalsa, al teatrino dei pupi, dove ritornava bambino, affascinato dalle storie di Orlando). Gli piaceva anche ascoltare i cunti, che io allora trovavo un poco noiosi. Apprezzava il buon cibo e diceva che la pasta con le vongole di Spanò – una trattoria sul mare, a Romagnolo – era la migliore del mondo. E gli piaceva Monte Pellegrino, soprattutto quando guidava in salita e a grande velocità sulla strada che serpeggiava ripida verso il santuario di Santa Rosalia. Poi, dall'alto, mi spiegava la topografia della "mia" città, di cui conosceva ogni cupola, ogni campanile, ogni torre. Col tempo mi convinsi che papà, impavido e persino spericolato, non avesse il coraggio di dichiarare che amava Palermo. Moltissimo. Ma non sapevo perché. Io invece ne ero innamorata.

Mio padre camminava dondolandosi sulla gamba sinistra, la più lunga, e si stancava facilmente perché era malato. La disabilità non era evidente e quella camminata sembrava un vezzo. Non ho mai visitato Palermo a piedi con lui, ma in automobile riusciva a infilarsi nei vicoli più stretti, dentro il mercato attirava l'attenzione dei venditori dietro le bancarelle e dei negozianti chiamandoli a gran voce, agitando il bastone fuori dallo sportello per invitarli ad accostarsi, conduceva le trattative, e la gente attorno non si lamentava. In automobile prendevamo anche la granita di limone, il cameriere la portava sulla guantiera di metallo e rimaneva accanto a noi fin quando non l'avevamo finita, chiacchierando con lui. In questo modo bizzarro, papà comprava carne, pesce, verdure e il pane di Piana dei Greci, una squisitezza che si trovava soltanto a Piana e a Palermo. Era a suo agio con tutti e si esprimeva nel siciliano incarcato dei palermitani, mentre ad Agrigento la sua parlata diventava "girgentana" e a Siculiana, il paese dove possedeva dei terreni agricoli, usava le parole del dialetto locale.

Una volta gli chiesi perché cambiasse modo di parlare e lui rispose: «Quando crescerai, non devi "fare la signora". Devi sempre metterti al livello delle persone che lavorano e ti stanno attorno, e cominciare dalla lingua in cui si sentono a loro agio è il modo migliore».

Con il tempo mi resi conto che la sua filosofia includeva

il principio che siamo tutti uguali, che bisogna adattarsi a chi è meno fortunato e immedesimarsi.

Nell'Ottocento Palermo – e non soltanto l'aristocrazia – "sentiva" in modo particolare di essere considerata inferiore dal Borbone di Napoli e dagli altri regnicoli, e di essere trattata male. La prima rivoluzione europea del secolo avvenne infatti a Palermo, nel 1848: fu repressa a cannonate dal mare e con l'invasione da parte dell'esercito borbonico.

Chi soffre di complessi di inferiorità li ricrea negli altri. I principi palermitani snobbavano i semplici baroni, come gli Agnello, a meno che non fossero molto ricchi. Dal canto loro, i baroni snobbavano i figli cadetti dei nobili, chiamati "cavaliere", che ereditavano poco e niente dai genitori e che a loro volta snobbavano i borghesi.

Credo che nessun aristocratico avesse mai lavorato: passavano la vita tra ricevimenti, pranzi, pettegolezzi e amori clandestini; copiavano la gente ricca e titolata "di fuori" e si indebitavano per mantenere i loro palazzi e accogliere gli italiani del Continente e gli stranieri con *signorilità* – una parola emblematica e complessa, cara ai palermitani. Significava essere generosi, pagare il pranzo per tutti al ristorante, comprare abiti nuovi, rinnovare la mobilia, mettere su una scuderia di automobili come quelle degli amici più facoltosi; bisognava insomma fare "bella figura" a tutti i costi, anche indebitandosi o svendendo i propri averi. Palermo aveva due Monti di Pietà: uno per i poveri e l'altro per i nobili. Intere famiglie di nobili precipitavano nei debiti. Talvolta erano salvati da gente ricca della provincia che voleva "innalzarsi" sposando la figlia unica di un aristocratico in ristrettezze.

Accoglienza e signorilità erano importantissime per gli aristocratici palermitani: includevano fasto, prodigalità, eleganza, raffinatezza e generosità; con pochissime eccezioni, escludevano cultura, creatività e soprattutto il lavoro. Anche l'impegno politico. Un nobile non doveva lavorare. Forse per questo a papà non piaceva la sua gente.

Dopo il 1860 i politici italiani, che non capivano tutto questo pensare e vivere complesso e contorto, sentivano di non potersi fidare dell'aristocrazia palermitana, che non aveva avuto un ruolo significativo nel regno dei Borbone e non lo avrebbe avuto nemmeno nella nuova nazione. Lo sapeva bene un siciliano di fede e origine albanese, ex garibaldino diventato monarchico e conservatore.

Alla fine dell'Ottocento, il deputato Francesco Crispi, statista siciliano un tempo repubblicano accanito, scoprì cosa bisognava fare per mantenere tranquilli e inattivi i nobili siciliani ed evitare che mettessero a rischio lo status quo. Erano anni di carestia, miseria, emigrazione e sommosse popolari, come quella dei fasci dei lavoratori siciliani, repressi nel sangue dall'esercito nel 1894. Eletto presidente del Consiglio, Crispi promulgò una legge che permetteva alle famiglie nobili pluritititolate di passare formalmente i titoli minori (fino ad allora considerati "di cortesia") ai figli cadetti. Dunque la nobiltà siciliana si moltiplicò, creando una massa di ferventi seguaci dell'ex rivoluzionario.

Nei nostri viaggi in automobile a papà veniva la parlantina. Raccontava con gusto le stranezze di gente "come noi" che lo facevano ridere e che secondo me gli piacevano.

C'era un conte palermitano che agli inizi dell'Ottocento aveva fatto un voto: se un certo desiderio si fosse avverato, sarebbe andato a piedi in Terra Santa per ringraziamento. Il desiderio fu prontamente esaudito e il conte iniziò a organizzare il viaggio promesso al Signore. Famiglia e amici lo presero pazzo: il Mediterraneo era infestato dai pirati, e di una rotta via terra non era nemmeno il caso di parlare. Il Medio Oriente era attraversato in lungo e in largo da bande armate di arabi, e inoltre inglesi e francesi se lo contendevano. La contessa e i figli non volevano che partisse, e perfino il prete di casa lo esortò a rompere il voto. Il conte dovette allora rivedere i suoi piani. Calcolò esattamente la distanza dal suo palazzo all'Albergheria fino a Gerusalemme, per mare e per terra, e decise che avrebbe camminato lungo le pareti del suo salone da ballo fino a coprire la distanza esatta: secondo i suoi calcoli, ci sarebbero voluti almeno due anni.

Il conte si portò in pellegrinaggio il fido cameriere Pasquale, che lo accudiva in tutto: ritirava il cibo lasciato fuori dalla porta e approntava ogni giorno un pasto modesto da pellegrino, preparava il giaciglio per la notte e lavava i panni. Il conte non aveva dimenticato medicine e strumenti per controllare la distanza e calcolare le miglia percorse ogni giorno. Durante il "viaggio" non volle vedere né figli, né moglie, né amici. La solitudine era fondamentale. I due pellegrini non lasciarono mai il salone.

«Pasquale, siamo arrivati in Terra Santa» annunciò un giorno il conte, dopo aver calcolato ben due volte – per sicurezza – le miglia camminate.

«Voscenza c'a fici» esclamò il cameriere, «ringraziamo Dio.»

«Ci riposiamo due giorni a Gerusalemme e poi iniziamo il viaggio di ritorno.»

Quei giorni di ozio permisero a Pasquale di pensare al suo futuro, cosicché quando la mattina del terzo giorno il conte aprì gli occhi tutto pispiso e gli disse: «Pasquale svegliati, dobbiamo metterci in cammino: torniamo a Palermo!», lo guardò e non si mosse: «Voscenza mi deve perdonare, ma a mia la Terra Santa assai mi piace. Cercatevi un altro cameriere per tornare a Palermo».

Ogni volta che mi raccontava quella storia, chiedevo a papà se il conte era "tornato" a Palermo dalla Terra Santa da solo, rifacendo il viaggio lungo il perimetro del salone da ballo.

Papà non lo sapeva. «Questa gente, senza servitù non sa

fare niente» borbottò. «Avrà smesso di camminare e sarà tornato in famiglia.» Poi, con gli occhi che sorridevano, aggiungeva: «Chissà, forse fece il viaggio di ritorno con un altro cameriere. Secondo me sua moglie doveva essere una brutta arpia, e il pellegrinaggio era la scusa per non stare con lei».

Credevo che fosse una storia inventata. Invece il mio carissimo amico Goffredo la conosceva bene, perché il conte era un suo antenato: in famiglia se ne parlava ancora, e facendosene vanto!

Effetto "Gattopardo"

Palermo era una capitale senza re né corte, e nemmeno governo. Il Regno di Sicilia (dal 1816 Regno delle Due Sicilie – nome paradossale e grottesco) aveva un parlamento fantasma, e sovrani che, come Carlo III, vennero in Sicilia soltanto una volta, o non vennero mai.

Quando i francesi conquistarono il Regno di Napoli, il penultimo re Borbone fuggì a Palermo con la famiglia. Non aveva denari. Gli inglesi, nemici di Napoleone, lo protessero e rimasero in Sicilia con un esercito di diciassettemila uomini per controllare il Mediterraneo. Palermo e l'aristocrazia fecero di tutto per accogliere bene la famiglia reale (chiudendo un occhio sull'amore del re con una nobile siracusana che alla morte della regina Carolina divenne moglie morganatica) e mantenerla. Ma non potevano nutrire anche i cortigiani arrivati al seguito da Napoli.

Si racconta che la regina cominciò a visitare regolarmente i numerosi monasteri femminili della città fondati dall'aristocrazia, dove le monache imbandivano per lei e il suo seguito ottimi pranzi e rinfreschi. C'erano abituate, le monache e le converse, a cucinare bene. Infatti offrivano dolci e vino ai confessori, e davano nomi piuttosto osé al cibo che preparavano. I confessori, sedotti, diventavano loro amanti, come dimostrano i numerosi corpicini di neonati trovati nelle cripte dei monasteri.

Finché anche quelle monache cominciarono a lamentarsi del costo di quelle visite troppo frequenti.

Una volta la regina Carolina e il suo seguito erano in visita a un monastero del quale erano habitué perché la cucina era particolarmente buona. La badessa non ne poteva più di quella folla da nutrire, e al posto di una guantiera di dolci raffinati offrì umili biscottini di pastafrolla, coperti di sesamo. Ma erano squisiti, e anche quelli piacquero molto alla regina.

«Come si chiamano?» chiese.

Le monache si guardarono negli occhi, confuse: il nome era "cazziteddi di parrino" (cazzetti di prete). La badessa, accostandosi a Sua Maestà, bisbigliò: «Non ha importanza. D'ora in poi si chiameranno biscotti Regina».

L'avvento della Repubblica, e dunque la fine dell'aristocrazia, sembrò inizialmente non avere alcun effetto sulla società palermitana. Tutto continuò come prima.

A metà degli anni cinquanta, l'Italia era un paese in ripresa, una ripresa basata sul lavoro e le industrie del Nord. L'aristocrazia siciliana provò a muoversi. Capiva che le cose dovevano cambiare, ma non sapeva bene come. Gli infelici tentativi di mettersi in gioco a sostegno dell'autonomia siciliana avevano spazzato via i sogni di un futuro in politica.

Nel frattempo la Regione autonoma offriva opportunità di guadagno, sussidi e posti di lavoro. Era legale dare posti e incarichi a parenti, amici e conoscenti senza la trafila di domande e concorsi.

I palazzi della Palermo antica che non erano stati distrutti o danneggiati dai bombardamenti erano in cattive condizioni, umidi, scomodi; i bagni avevano bisogno di essere rifatti, mancavano riscaldamento centrale e tubature efficienti, e bisognava spendere denari per la manutenzione. Ma i denari non c'erano. Chi poté permetterselo comprò un appartamento moderno con tutti i comfort nella nuova Palermo e abbandonò il palazzo di famiglia. Altri rimasero nella casa avita, scomoda e pericolante. Senza speranza di poterla rimettere a posto.

Il romanzo *Il Gattopardo* pubblicato nel 1958 da Giangiacomo Feltrinelli e il film che ne trasse nel 1963 il nobile comunista Luchino Visconti riportarono alla ribalta l'aristocrazia siciliana attraverso lo struggente personaggio del principe di Salina e le diedero nuova linfa.

Turisti e stranieri erano curiosi di visitare i palazzi, anche a pagamento. Chi aveva visto il film all'estero veniva apposta per essere intrattenuto da principi e duchi. Volevano mangiare alla tavola dei nobili, e con loro. La gente del posto chiedeva invece di affittare i saloni per ricevimenti e feste di matrimonio. Nei palazzi si tenevano concerti, pranzi, convegni, concerti, spettacoli, e anche l'Opera dei Pupi. I nobili avevano insomma scoperto il mestiere di hôtelier ed erano rinati. Oggi, gli aristocratici affittano stanze in casa e le mogli organizzano corsi di cucina siciliana per una clientela selezionata.

Sono stati bravi e coraggiosi a mettersi in gioco, e sono riusciti così a mantenere case che altrimenti avrebbero ceduto sotto il peso dell'incuria o sarebbero state divise in mini-appartamenti. Li ammiro.

Non ammiro invece quelli che continuano a darsi arie, che si sentono diversi e migliori in quanto "nobili". Questo atteggiamento permane in alcuni, ma soprattutto in chi "nobile" è diventato, tramite matrimonio o convivenza.

Piazza Politeama,
via Wagner e i balconi con le mutande

Il teatro Politeama Garibaldi, progettato dall'ingegner Giuseppe Damiani Almeyda e considerato modernissimo nel 1891, fu di lenta costruzione – ventisei anni – ed ebbe complesse vicende. Cominciando dal nome Garibaldi, che finì per cadere – non so se per brevità o in sfregio a chi ci ha "consegnato" ai Savoia nel lontano e mai dimenticato 1860; in ogni caso, ne sono contenta: a mio nonno e a mio padre Garibaldi non piaceva, e nemmeno a me, per motivi diversi.

La ditta francese che costruì il teatro si valse delle eccellenze palermitane a disposizione: la copertura di metallo del tetto, ai tempi molto innovativa, fu realizzata dalla Fonderia Oretea e contro il cielo si staglia un'enorme quadriga bronzea di cavalli dalle code svolazzanti del palermitano Mario Rutelli.

Visto da lontano il Politeama sembra un pachiderma di pietra, con balconi e portici decorati da affreschi e strisce policrome a contrasto. Anche le piante ornamentali del giardinetto, cactus e cespugli, non si armonizzano con l'edificio.

Nella mia gioventù, il Politeama era fuori uso e ignorato dalla cittadinanza.

Da alcuni decenni, tutto è cambiato. C'è un fervore di incontri, convention e concerti, anche all'aperto, davanti all'ingresso monumentale. La piazza, ripavimentata di recente e arricchita di panchine, è diventata luogo di ritrovo dei giovanissimi. Alcuni la usano come pista di pattinaggio. Si incrociano e fanno piroette, velocissimi, sotto gli occhi distratti di coppiette che si corteggiano sulle panchine. I più piccoli scorrazzano su monopattini e biciclette. La domenica, invece, scendono in piazza famiglie di extracomunitari con bambini.

In via dello Spezio 43, dietro al Politeama e più o meno sua coeva, c'è la chiesetta valdese, con un piccolo giardino ben tenuto. Diversa in stile dal teatro, è stata da poco restaurata.

Dopo la rivoluzione del 1848, alcuni valdesi si trasferirono in Sicilia per evangelizzare le province dell'interno e poi Palermo, dove furono ben accolti. Pochi lo sanno. Io l'ho scoperto in Piemonte.

La mia città ha sempre aperto le braccia alla gente di fuori, ricchi e poveri, conquistatori, esiliati e rifugiati, e ne ha rispettato le diversità. Tant'è che una parte dell'aristocrazia palermitana discende da gente esiliata dal proprio paese o impoverita, venuta per rifarsi una vita e una fortuna. Gli Agnello, per esempio, discendono da un doge (giustamente) esiliato dai pisani alla fine del Trecento.

Costruita nel primo decennio fascista, la chiesa valdese ha un portico vagamente ispirato al gotico catalano della chiesa di Santa Maria della Catena (a lato della Cala, il porto antico di Palermo) e un interno decorato. La persecuzione dei valdesi è una macchia per il cristianesimo. Sopravvissero per secoli nelle valli delle Alpi Occidentali, tra Francia e Piemonte. Soltanto nel 1848 Carlo Alberto di Savoia diede loro le Lettere Patenti, che li equiparavano agli altri sudditi sabaudi. Anche tra i Mille di Garibaldi c'erano dei valdesi. Il governo italiano ha regolato i rapporti con loro solo nel 1984: un ritardo vergognoso.

Palermo li ha accolti: partecipano alla vita cittadina e la loro scuola, aperta a tutti, è ben nota e piena di studenti.

Via Wagner è stata costruita per la borghesia medio-alta dopo il successo dell'Esposizione Universale del 1891, da cui nacquero via Libertà (prolungamento di via Maqueda e di via Ruggero Settimo) e un piano regolatore a griglia per abitazioni e commercio. I palazzi di quattro-sei piani, con ristoranti e negozi al piano terra, sono maltenuti.

I portoni adesso sono perlopiù chiusi – manca il portiere e si entra dalla porticina pedonale. Per risparmiare sui costi condominiali, proliferano su quelle facciate dignitose i famosi "balconi con le mutande": una rete verde copre la parte bassa della ringhiera e il fondo del balcone, raccogliendo i frammenti di pietra e intonaco che si staccano.

Osceni e vergognosi, i balconi con le mutande hanno invaso Palermo – non soltanto le case ottocentesche, ma soprattutto i palazzoni moderni tirati su negli anni sessanta da costruttori spregiudicati con la connivenza del municipio, dei politici corrotti e della mafia. Quei palazzoni della Palermo nuova, che deturpano anche via Libertà, sono il simbolo del sacco di Palermo e permanente caratteristica della mia città.

Sciupata e mutandata, via Wagner mi piace ancora, ha una sua spavalda umanità.

La bellezza è importante

Il mio ingresso a Palermo dalla statale 115, negli anni cinquanta.

Dopo aver superato la foce del fiume Oreto (a quei tempi non ancora asciutto) e Romagnolo, un quartiere periferico sul lungomare, sentivo una premonizione di guerra e rovine. L'automobile costeggiava il Foro Italico, la Marina, la passeggiata dei palermitani. A destra brillava il mare; si vedeva bene e non era lontano, allora, nonostante ci fossero già le macerie della guerra, portate lì con i camion.

Oltre la bella la cancellata di villa Giulia, una sfilza di palazzi sotto le cui terrazze si aprivano – sulla passeggiata abbellita dal palchetto musicale ottocentesco – i caffè rinomati per i loro gelati.

Superata porta Felice sul Cassaro, la strada costeggiava la Cala. La puzza di pesce marcio mi esaltava. Appariva allora nella sua maestosa lontananza, dirimpetto a me, Monte Pellegrino. Sull'altro lato, i resti di un palazzo bombardato e la chiesa della Catena. Poi montagne di macerie, e in fondo i ruderi di un castello arabo o forse normanno, meravigliosamente belli, stagliati contro il sipario blu intenso del Mediterraneo.

Fino agli anni sessanta era tutta una catasta di macerie, da cui emergevano scheletri di palazzi e mura solitarie. Il terreno era un aggrovigliarsi di pietre, ringhiere, travi di legno, erbacce, perfino qualche ficodindia. Cani randagi gironzolavano alla ricerca di cibo. I gatti li osservavano dall'alto.

I muri esterni non crollati avevano buchi rettangolari (i balconi) e quadrati (finestre), in cui io, seduta in automobile accanto a mio padre, vedevo brillare il cielo. C'era bellezza in quel degrado. Tanta. Qua e là vedevo mattonelle di ceramica sui muri, una specie di pavimento verticale. Papà mi spiegava che a Palermo quelle mattonelle "avanzate" servivano per evitare le infiltrazioni, e in più erano decorative. Mi piacevano, quelle ceramiche colorate luccicanti sotto il sole.

La bellezza è importante a Palermo. Anche le rovine nella mia adorata città avevano fascino, ed emanavano una febbricitante voglia di vivere.

Come una colonia abbandonata

Via Cavour è una strada post-unitaria e dunque "nuova". Scende – come si dice da noi – verso il mare dalla piazza larga e sontuosa che ospita il teatro Massimo, costruito nella seconda metà dell'Ottocento nella città antica sventrata per fare spazio al teatro lirico.

Un tempo, quello era l'ingresso a Palermo dei turisti e dei notabili appena sbarcati da velieri e piroscafi che venivano da Napoli. Oggi, via Cavour è semplicemente una larga strada trafficata, un po' sporca e senz'anima. Si respira la città marinara. Palermo mi ricorda Alessandria d'Egitto, per lo stile degli edifici, il passato splendore e, tristemente, anche lo squallore di una colonia abbandonata.

Dietro le sbarre di ferro lucide, il giardino rigoglioso del palazzo in stile veneziano – facciata rosa, archetti e finestre gotiche – oggi sede della prefettura. Di certo non appartenente a un palermitano. Era infatti una delle ville dei Whitaker, famiglia inglese che per tutto l'Ottocento dominò l'industria vinicola siciliana.

La "colonizzazione" inglese è stata commerciale e culturale, ma non politica, tranne per i primi quindici anni dell'Ottocento – fino al Congresso di Vienna. L'isola era diventata un protettorato inglese *de facto*, ma benefico. Non soltanto il governo inglese pagò vitto e alloggio delle proprie truppe, ma un pugno di famiglie potentissime e imparentate tra loro dominavano la produzione e l'esportazione del vino. La permanenza degli inglesi arricchì la Sicilia, che esportava Oltremanica agrumi, vini, grano, mandorle, pistacchi, olive, stracci e zolfo, necessario alle nuove industrie. I siciliani acquistavano merci di lusso, soprattutto abbigliamento maschile, e quanto prodotto dalla Rivoluzione industriale: mobili, stoffe e macchinari.

Gli inglesi che vivevano a Palermo non si mescolavano ai palermitani – a differenza dei calabresi Florio, venuti nello stesso secolo –, come se la Sicilia fosse una colonia. Un paio di inglesi sposarono siciliane; si parla anche di qualche amante palermitana, discreta. L'ultima discendente dei Whitaker, Delia, donò il suo ingente patrimonio alla città.

Quando passo davanti a villa Whitaker con Mimmo, la guardia all'ingresso lo riconosce immediatamente. Spiega con orgoglio che il giardino è ben tenuto, come il palazzo. Sembra rilassato, come se non fosse sul posto di lavoro. Mi sbaglio: è attentissimo. Come tutti i palermitani deve canziarsi e taliarsi per sopravvivere. Sentendo il rumore di una messa in moto alle sue spalle, raddrizza le spalle, prende posizione e saluta il funzionario che esce a bordo del suo macchinone. Poi riprende a chiacchierare con noi.

Le tredici vittime, il monumento ai caduti della mafia e il sacco di Palermo

In piazza XIII Vittime si vede in lontananza la chiesa di San Giorgio dei Genovesi, uno dei pochissimi edifici rinascimentali di Palermo, forse il solo capoluogo italiano a non essere stato "toccato" dal Rinascimento. Infatti la chiesa è opera di un architetto piemontese che lavorò su commissione dei genovesi, i quali – come gli altri "forestieri" – avevano rapporti commerciali con le istituzioni ma non con i cittadini.

Piazza XIII Vittime è moderna. Il 4 aprile 1860, i patrioti italiani e i soldati borbonici si scontrarono dinanzi alla chiesa della Gancia. Ci furono dei morti. Non contenti, i soldati arrestarono tredici giovani rivoltosi che vollero uccidere, una punizione esemplare per evitare una nuova insurrezione. Li portarono sul luogo dell'esecuzione con il volto coperto da un cappuccio nero. Presero dei passanti a caso e imposero loro di improvvisarsi militari per accompagnare i loro concittadini al patibolo, davanti alla chiesa. I tredici furono fatti inginocchiare davanti a tre file di soldati, composte ognuna da tredici uomini. Al segnale di far fuoco, i primi a sparare furono i militari della prima fila, che lasciarono il posto a quelli della seconda fila e poi a quelli della terza. I corpi delle tredici vittime furono gettati nella fossa comune al cimitero dei Rotoli. Mi ricorda le Fosse Ardeatine.

Nella sterpaglia che un tempo fu il giardino ad aiuole intorno all'obelisco che ricorda le tredici vittime, si indovina una straziante forma di resistenza. Alcuni cespugli continuano a fiorire, tenaci: senza cure né potature, hanno creato muraglie verdi e pungenti dietro le quali operano le donne della notte. Per terra, coperte lerce, scarpe sfondate, preservativi usati. C'è un senso di solitudine e abbandono. Si avvicinano miagolando dei gatti, i soli abitanti del giardino – di giorno.

All'interno, una ringhiera dà su uno scavo. Mi appoggio e osservo. Non c'è un cartello che spieghi esattamente di che cosa si tratta. Chiaramente sono abitazioni o prigioni. La scaletta di ferro che porta giù è inaccessibile.

Al di là degli scavi, irraggiungibile, un capannone moderno creato insieme all'obelisco e al giardino sembra costruito per accogliere scolaresche e ospitare lezioni. Adesso non c'è segno di vita. Il piazzale di accesso è invece diventato un parcheggio abusivo. Dove un tempo gli scolari avrebbero dovuto imparare la storia della loro città, adesso regnano lo squallore, l'abbandono, l'illegalità.

C'è un secondo monumento di fronte all'obelisco delle tredici vittime, formato da enormi piani sfalsati di acciaio scuro, altissimi, come lame di coltelli giganti. Isolato in una rotonda, è praticamente irraggiungibile da un visitatore. Attorno gira il traffico della strada che unisce il Foro Italico al porto. Lo snodo stradale sembra abbandonato e oltre il controllo dei vigili e delle guardie. La gente parcheggia impunemente sulle corsie a doppia striscia del lungomare. Nessun vigile farà la multa, né la polizia stradale metterà le ganasce. Ci si appatterà, se necessario. Lo spazio attorno al monumento è sporco, pieno di immondizia. Non ci sono passaggi pedonali per onorare le vittime della mafia, bisogna lanciarsi nel traffico e sperare che gli automobilisti lascino passare. Ultimo insulto al monumento: superata la rotonda, la strada si imbuca in un sottopassaggio.

Anche questa è Palermo, al centro della città, nell'anno in cui è Capitale della cultura italiana.

Ne ho parlato con Mimmo e si è indignato. Ho visto dolore e rabbia nei suoi occhi. Ha ragione. Anch'io, da palermitana "di fuori", mi sento offesa e responsabile di questo degrado. I nostri amministratori hanno tradito non soltanto le tredici vittime e le vittime della mafia, ma anche i cittadini e Palermo stessa. Poi penso alle prostitute londinesi, mie clienti, e ai loro figli. Anche loro erano costrette a prostituirsi negli spazi abbandonati: un'umanità sofferente e sfruttata in ambedue le città.

Desisto e attraverso alla ricerca del mare. Ma il mare non si vede. Le macerie gettate sulla costa dopo la Seconda guerra mondiale lo hanno spinto lontano da Palermo. Dinanzi a me, squallore. Si scorge in lontananza il castello di Maredolce, irraggiungibile. Fili spinati sbarrano il cammino. Prendo via dei Barellai e passo accanto al mercato ittico. Sulla strada, l'edilizia del sacco di Palermo – abusiva, grezza, senz'anima – impedisce la vista del mare. Totalmente. Bisognerebbe attraversare il mercato e cercare di entrare nel castello per vederlo, il mare. Sul lungomare. Ma c'è il filo spinato.

Emporio Navale Ship Chandler

Un tempo, di notte e quando si temevano incursioni di pirati, la Cala veniva chiusa da una catena di ferro che partiva dalla chiesa chiamata – proprio per questo – Santa Maria della Catena. Il progetto della chiesa, edificata alla fine del Quattrocento, è attribuito a Matteo Carnalivari, architetto di cultura catalana. Sono pochissimi gli architetti siciliani, nella nostra lunga storia: si preferiva chiamare gente da fuori. Duecento anni dopo, il prolungamento del Cassaro sino al mare creò un dislivello e fu necessario costruire una scalinata ben più alta delle due rampe precedenti. Fu realizzata da un palermitano, che abbellì la facciata.

La Cala è piena di barche e motoscafi. Non c'è puzza. Chiudo gli occhi e ricordo. Pescherecci dipinti in tutti i colori dell'iride, marinai rigorosamente a piedi nudi, affaccendati e mai fermi: chi lavorava a bordo, chi rammendava reti, chi trasportava il pescato nelle coffe bucate, lasciandosi dietro una scia di gocce d'acqua. Sulla banchina, pescivendoli e compratori. Le trattative erano veloci e gli uomini (raramente le palermitane facevano la spesa) si allontanavano con la sporta piena di pesce. Era la mia città, viva, al lavoro.

Mi piaceva perfino la puzza atroce di pesce marcio. Mio padre mi spiegava che anche quella aveva uno scopo e indicava il grande edificio costruito dall'altra parte della strada. Un tempo era un sanatorio: respirare quell'aria piena di gas sgradevolissimi faceva bene alle malate di tisi. «Da bambino vedevo delle donne affacciate alle finestre, non per curiosità o per godersi il panorama ma per inalare quelle puzze benefiche.» Oggi l'edificio è stato convertito in ospedale.

Bancarelle e ambulanti extracomunitari occupano il marciapiede, dove prima c'erano botteghe legate al mercato del pesce e alla manutenzione delle barche. Ora sono chiuse. Ne rimane soltanto una, l'Emporio Navale Ship Chandler. Dentro, un anziano e un giovane, chiaramente i proprietari. Mimmo e io non siamo clienti, ed è evidente che non siamo una coppia di marinai. Ci accolgono con la cortesia palermitana, lo sguardo curioso e un po' diffidente. Riconoscono Mimmo; adesso si sentono a loro agio e scoprono di avere ricordi e amici in comune. La costruzione della strada a quattro corsie ha segnato la fine della Cala come porto di pesca e ha fatto fallire gli esercizi commerciali: il signor Riccobono è rimasto solo e vende molto online. Gli luciono gli occhi quando parla, orgoglioso delle tante generazioni della sua famiglia che hanno lavorato lì prima di lui. Sono tratti tipici dei palermitani, l'attaccamento al luogo in cui la famiglia lavora da generazioni e la volontà di mantenere la memoria di quel passato.

Ho notato lo stesso orgoglio a Ballarò, in una "carnezzeria" ovina al numero 2 di via Carini che all'interno sembrava totalmente vuota e pulitissima, come se fosse pronta ad accogliere degli agnelli da vendere. Il proprietario aveva un banchetto accanto alla vetrina vuota, vendeva sandwich e cibo da asporto. Niente carne fresca. Fino al dopoguerra suo padre, come prima di lui suo nonno, vendeva almeno una ventina di agnelli al giorno. Arrivavano vivi, da Carini, ed erano tenuti dietro il negozio. I clienti sceglievano il loro agnello, che veniva abbattuto, scuoiato velocemente e tagliato.

La sciarpa verde

Palermo è il centro commerciale della sua provincia ma anche di quelle limitrofe, Agrigento e Trapani. La gente dei paesi vi andava a fare compere, soprattutto biancheria da corredo e mobili per la camera da letto degli sposi – il minimo indispensabile per un matrimonio.

Il commerciante palermitano ha una personalità spiccata: sa vendere ma mantiene la sua dignità, e talvolta la prosopopea di chi sa che la sua merce non si può trovare altrove. Mi piace ascoltare le conversazioni con i clienti. Ad Agrigento e in provincia ci si conosceva tutti, ma nel contesto del commercio i rapporti erano veloci, non c'era il piacere di vendere e contrattare che invece esiste tuttora a Palermo, dovunque. Né erano escluse le donne: fra i lavori antichi delle siciliane c'era quello di stare al banco della bottega del marito o del padre, mentre questi era indaffarato altrove. La larghezza del banco le proteggeva dal cliente maschio; potevano permettersi di scambiare frasi spiritose e persino accettare qualche complimento.

A Palermo il rapporto tra acquirente e venditore era segnato da una serietà profonda, da gesti importanti. L'ho imparato in via Bandiera, a quattordici anni.

Avevo ottenuto da poco il permesso di uscire da sola e desideravo cucirmi una sciarpa di seta verde a pois: ne avevo vista una nelle eleganti vetrine di Hugony, ma non avevo i soldi per comprarla. Mi ricordai di una stoffa simile in una bottega di via Bandiera: forse, con mezzo metro me la sarei cavata.

Entrai nel negozio, intimidita. Chiesi di vedere da vicino la seta che avevo adocchiato. La commessa mi guardava. Non le sembravo una possibile acquirente, però andò a prendere il rotolo dalla vetrina. Intervenne la proprietaria, supponente, e srotolò la pezza: era bellissima, proprio quello che volevo. Ma il prezzo, mille lire al metro, era eccessivo: la mia paghetta settimanale di cinquecento lire – che includeva biglietti dell'autobus, merenda a scuola e gelati – non bastava. Palpavo la seta, guardavo la proprietaria e non sapevo che fare: «Farebbe uno sconto?».

Mi rispose dandomi del tu: «Ma ce li hai i soldi? Quanti metri vuoi?».

«Sessanta centimetri» risposi io, e lei mi guardò con aria di compatimento.

La distolse una nuova venuta: tacchi alti, occhi truccati, fresca di parrucchiere.

«Voglio vedere questa stoffa» disse, e indicò il rotolo davanti a me.

Mi misi da parte.

«Sono entrata apposta. L'ho vista da fuori.» Stropicciò la seta tra le mani, veloce. «Quanto costa?»

«Mille lire al metro» ripeté la proprietaria.

La signora palpò di nuovo la stoffa, poi la carezzò, per accertarsi che fosse pura seta. «Quanto è alta? Novanta centimetri?» Ricevuta conferma ne chiese tre metri e mezzo, quindi uscì con il suo sacchettino di carta, senza salutare.

La proprietaria la seguì con lo sguardo: la signora adesso era davanti alla vetrina del negozio di scarpe dall'altra parte della strada.

Io sarei voluta scomparire. Certa che non avrei ottenuto nessuno sconto, ero pronta ad andare.

La padrona intanto era uscita da dietro il banco e si era avvicinata alla vetrina per continuare a tenere d'occhio la cliente. Poi si girò, e come se io non ci fossi, iniziò a criticarla ferocemente: «Che cafona! Ma chi si crede di essere? Non ha nemmeno provato a chiedere uno sconto. Ha la puzza sotto il naso!».

All'improvviso si ricordò che c'ero anch'io. «Ancora qui sei? Va be', quanti soldi hai?» mi chiese aggressiva.

«Quattrocento lire» mormorai.

«Te la do per tre e cinquanta, così ti puoi comprare anche il gelatino.»

Quella sciarpa è rimasta con me per anni e quando l'ho persa, nel Kansas, è stato un dolore, perché mi riportava sempre alla mente questo carattere di noi palermitani, un misto di orgoglio, durezza, generosità, permalosità. Da allora, anche quando ho fretta cerco di fermarmi nei negozi che mi ricordano quella Palermo.

La Palermo dei vinti

Non avevo mai visto piazza Fonderia. Un intervento architettonico del Comune ha creato un centro sociale, anche sede di mostre, che mi è piaciuto. Purtroppo sembra vuoto, da tempo. Questo è l'altro volto del sacco di Palermo: costruire edifici pubblici socialmente utili senza pensare alle spese di manutenzione e all'organizzazione.

Imbocco una stradina verso l'interno. Tutto è nuovo lì, perché tutto era stato bombardato. Si entra in una piazza grande dove esiste un parcheggio illegale ben congegnato. Il parcheggiatore dispone delle sedie sfondate nei posti dei clienti regolari e importanti. E al guidatore occasionale che chiede se può parcheggiare, anche a pagamento (illegale), dice di no. Lo tengo d'occhio, lo osservo e lui si accorge che lo ascolto, da lontano. So di essermelo fatto nemico.

In piazza ci sono dei cani; sembrano randagi. Non appartengono a nessuno. E invece, quando il parcheggiatore mi dà una taliata, il cane si sposta. Anche i cani sanno a chi devono ubbidire, qui. Mimmo e io siamo nella Palermo in cui gli estranei non sono accettati. Dal balcone di una casa a due piani, con tanto di giardinetto sul davanti e porta d'ingresso di noce, una signora pingue e ingioiellata, dai capelli biondi e vaporosi, ci osserva. Di fronte un palazzone, altro esempio della rovina di Palermo. Anche da lì, in alto, occhi che ci guardano.

Mentre io chiaramente non sono voluta, qui Mimmo è oggetto di curiosità: lo conoscono, sanno chi è. E lui sa come affascinare i suoi interlocutori, dunque anche la biondona si scioglie: si mettono a parlare, lui dalla strada le spiega che stiamo girando per Palermo e lei dal balcone gli sorride, ci dà il permesso di rimanere.

Al pianterreno c'è un grande consultorio femminile. La scritta dice che è stato creato con fondi della Comunità europea. Una quarantina di sedie sono allineate lungo le pareti. La scrivania dell'infermiera è vuota. Per terra, cartacce. Soltanto tre sedie sono occupate. Tre donne aspettano il turno con lo sguardo fisso davanti a sé. Sciupate dall'inedia, aspettano nell'eternità.

Anche questa è Palermo, la Palermo di chi non ha nulla, o di chi riesce a strappare qualcosa attraverso il sopruso. La Palermo dei vinti e dei semivinti. Gente che vorrebbe godersi la vita ma aspetta la morte.

Il luna park alla Marina

Passai due settimane intense al luna park della Marina, avevo dieci anni.

Il nonno stava morendo e io ero voluta andare a Palermo con mio padre per essergli vicina. Dormivo nella sua stanza, in casa dei nonni, e passavamo le giornate insieme. I miei cugini andavano a scuola, io invece non avevo nulla da fare. Papà non era abituato a stare fermo in casa, e nemmeno a stare a lungo con me. Certe volte camminava su e giù per il corridoio, teso e nervoso. Finché un giorno un cugino gli suggerì di portarmi al luna park: lui più di me aveva bisogno di star fuori e distrarsi, e così prendemmo ad andarci ogni pomeriggio, con il cugino e sua figlia, mia coetanea.

Papà mi teneva per mano e chiacchieravamo. Lui, di poche parole, quando si entusiasmava non la finiva più di parlare. Il luna park di Pasqua era una ricorrenza storica alla Marina. C'era la baracca del tiro a segno, c'era una ruota panoramica gigantesca, con cabine grandi come una carrozzella, c'erano piste di gomma su cui scivolavano macchinette elettriche dagli enormi paraurti in cui ci si poteva sedere in due, anche adulti. Papà si incastrava al volante e io gli stavo accanto. Ci divertivamo da morire. Ogni tanto mi permetteva di andare da sola, ma mai di guidare se c'era lui.

Al luna park c'era anche tutto quel che si poteva immaginare e desiderare da mangiare. A parte le meravigliose nuvole di zucchero filato, bianche rosa e azzurre, dolci di Pasqua, biscotti, gelati, granite e bibite. Tutto mi sembrava squisito e papà, distratto da altri pensieri, non diceva mai no alle mie richieste.

Mi piaceva osservare la gente, era come essere a teatro. Il mare dietro di noi era un sipario magnifico e cangiante. La risacca era come il ticchettio dell'orologio a pendolo di nonno – ritmica, rassicurante.

Oltre ai bambini che si divertivano c'erano quelli che lavoravano, i figli dei giostrai. «La gente del luna park è povera» spiegava papà, «ma non dovrebbero costringere i figli a stare alla biglietteria e a badare alle macchinette.»

Nella zona tra i giochi e le bancarelle c'era un bar inconsueto: una piattaforma circolare con al centro un tavolo tondo e un ombrellone molto ampio. Attorno, sgabelli alti. Lì si servivano vino e birra e si vendevano sigarette di contrabbando.

Una bambina più o meno della mia età teneva pulita la piattaforma. Spazzava le cicche e la cenere, poi si sedeva sul bordo accanto al suo mucchietto di immondizia. Ci frugava dentro per prendere le cicche, velocissima, senza farsene accorgere: le avrebbe vendute ai poveri che ne avrebbero fatto sigarette, così mi diceva Paolo, che spesso veniva con noi. Anche lui da giovane comprava le cicche. Poi la bambina ritornava al lavoro sulla pedana. Raccoglieva bicchieri vuoti, svuotava i portacenere e portava calia e nocciolline a chi le ordinava. Gli uomini – i clienti erano soltanto maschi – bevevano in piedi, vicini, l'ombrellone a proteggerli dal sole e dalla pioggia. La bambina si accovacciava e strisciava in mezzo alle loro gambe per raccattare cartacce e cibo caduto. A volte quelli le parlavano e lei rispondeva con la voce roca. Più alta di me, era magra, con piccoli seni e lo sguardo tristissimo.

Una volta uno dei clienti le disse qualcosa e lei lo seguì.

Mi voltai verso papà: anche lui se n'era accorto e la guardava dispiaciuto. «Puvirazza» mormorò.

Palermo ha perso il suo mare

Adesso il luna park non c'è più. E i vecchi ricordi sembrano inventati. Allora si poteva camminare nel luna park e vedere il mare, appena oltre lo steccato. Adesso quella striscia di terreno si è allargata a dismisura ed è diventata una distesa di campi sportivi.

Chi ha allontanato il mare da Palermo ha violato il rapporto ancestrale e intimo tra i palermitani e il mare. Non bastano la Cala e la spiaggetta lì vicino. Noi abbiamo bisogno del nostro mare, di vederlo, di toccarlo, il Tirreno blu cobalto. Abbiamo bisogno di pensare e immaginare i nostri antenati che vennero dal mare. E la memoria diventa la nostra memoria storica, finiamo per sentirci fratelli dei Fenici.

Non mi sorprende che i palermitani frequentino poco la Marina, che la sera le famiglie e gli innamorati non ci vadano più a passeggiare e che i famosi caffè sotto le terrazze dei palazzi nobiliari – dove per generazioni sono stati serviti gelati, granite e il meglio della cucina da asporto siciliana – siano quasi tutti in ribasso.

La Marina ha sempre avuto qualcosa di sensuale e trasgressivo. Ho scoperto che nel Settecento era il posto dove gli amanti si davano appuntamento e che il pretore aveva decretato che dopo una certa ora i lampioni dovessero essere spenti per permettere agli innamorati di scivolare con discrezione nella carrozza dell'amata senza essere notati.

Lamento la triste fine della Marina. Il piacere dei giovani sportivi, che pure meritano degli spazi, non mi consola.

Sulla terrazza di padre Messina

Mimmo conosce bene l'istituto di padre Messina, da bambino andava a fare il bagno nella caletta lì accanto; io invece ci sono stata soltanto una volta, per il matrimonio di una cugina di mamma, zia Anna. Quando si sposò la zia aveva passato la trentina, che negli anni cinquanta era considerata tarda età. Orfana di ambedue i genitori, non volle un matrimonio sfarzoso: preferiva fare beneficenza all'opera pia di padre Messina.

Padre Giovanni Messina è uno dei tanti sacerdoti palermitani che si sono dedicati all'apostolato moltiplicando il poco di cui disponevano e riuscendo a creare strutture straordinarie, sopravvissute alla loro morte. Nato a Palermo nel 1871, in una famiglia numerosa, si era fatto sacerdote a venticinque anni con un solo obiettivo: dedicarsi ai poveri del suo quartiere, la Kalsa, e a quelli del quartiere limitrofo di Sant'Erasmo. Sognava di creare una comunità che accogliesse trovatelli, orfani e bambini maltrattati, un posto dove potessero vivere, imparare a leggere e a scrivere e apprendere un mestiere. Molte dame dell'aristocrazia palermitana si fecero avanti per aiutarlo e lui si mise subito al lavoro, incurante di permessi edilizi e licenze: dopo aver riaperto una chiesa abbandonata, pensava solo a dare una casa ai "suoi" bambini, a sfamarli e a vestirli.

I palermitani erano divisi: c'era chi ammirava la generosità, l'entusiasmo, l'energia di padre Messina, e chi era scandalizzato dai suoi metodi non sempre ortodossi e dalla sua insofferenza alle regole. Cominciarono a circolare voci di comportamenti poco corretti nei confronti delle ragazze ospiti della casa: di certo, padre Messina era diventato scomodo per chi a vario titolo traeva vantaggio dalla prostituzione e dunque lo considerava un nemico da svergognare e annientare, a qualunque costo.

Nel 1904, alla morte del cardinale Celesia che lo aveva sempre sostenuto, il nuovo cardinale rifiutò la sua richiesta di un colloquio, gli tolse la direzione della comunità e nominò una commissione di vigilanza sull'istituto. Padre Messina non si diede per vinto e, senza mai perdere la fiducia, l'impeto e l'ottimismo che lo avevano animato in mezzo a mille difficoltà, continuò a occuparsi dei suoi protetti ingegnandosi per mettere insieme denaro, cibo, vestiti. Morì il 24 maggio 1949, si dice di crepacuore dopo aver ricevuto la notifica della chiusura dell'istituto.

Allo scopo di racimolare denaro, padre Messina aveva deciso di affittare la terrazza della casa, affacciata sul mare, per ricevimenti di nozze, cresime e prime comunioni che si celebravano nella cappella dell'istituto. Molti palermitani – come la zia Anna – preferivano sostenere l'istituto anziché celebrare le nozze nelle stupende chiese della città e dare ricevimenti nei saloni dei grandi alberghi.

Ricordo benissimo le nozze della zia. Fu accompagnata all'altare dal fratello maggiore di sua madre, zio Peppino, che in famiglia aveva fama di uomo di grande cultura. Il matrimonio era "stretto", cioè con pochi ospiti, ma la nostra famiglia era numerosa ed eravamo comunque più di cento. Il discorso dello zio commosse tutti. Dopo la cerimonia, ci trasferimmo sulla terrazza dove avremmo pranzato.

L'edificio era imponente, con due ali (una per il dormitorio maschile, l'altra per il dormitorio femminile) ai lati del corpo principale, unite dalla terrazza. Mi sentivo taliata. Alzai lo sguardo e intravidi dietro le finestre volti curiosi. Era come un teatro: noi eravamo sul palcoscenico e gli orfanelli ci osservavano dai loro palchi. A un tratto mi resi conto che quello che per noi era un matrimonio semplice e senza pompa, per i ragazzi di padre Messina era una festa grandiosa. Alcune finestre si aprivano. Vedevo le loro facce, gli occhi fissi sulla lunga tablatté. Mi sembrava di sentire le loro parole di meraviglia per i piatti di carne, la torta di nozze a tre piani, le guantiere di confetti. Sicuramente avevano l'acquolina in bocca, come l'avevo io nella certezza che avrei assaggiato tutto e avrei potuto servirmi anche due volte di quello che mi era piaciuto di più.

Pensavo alla voglia degli orfanelli di gustare quel bendidio. E alla certezza che loro non l'avrebbero mai avuto, un ricevimento di nozze così. Mi resi conto che quello che a me sembrava normale, per loro era un lusso irraggiungibile. Quel disagio non mi lasciò per tutto il pranzo.

Oggi l'edificio sembra vuoto, le finestre sono buie. Dal basso scorgo un chiarore che viene dalla finestra accanto all'ingresso. Da tre finestre con le persiane chiuse filtra una luce tenue. Cerco di aprire le stecche delle persiane e credo di intravedere una donna. Il buon senso mi dice di andare via, ma non ci riesco. Busso.

La monaca che apre la porta è snella: sembra giovane, ma il volto tradisce l'età e lo sgomento. Qualche passo indietro c'è un uomo sulla cinquantina, probabilmente un operaio. Rotto il ghiaccio, l'accoglienza è calda e contegnosa.

Sono rimaste soltanto tre monache; vivono da sole in dignitoso degrado nell'immenso edificio vuoto. L'uomo, un ex ragazzo di padre Messina, le aiuta nella manutenzione dell'edificio, che ha urgente bisogno di riparazioni. Le monache vivono nel terrore che il Comune le sfratti.

Nel mare non si pesca più. La grande vasca sotto la terrazza dell'istituto è vuota. Nessun bambino va più lì per divertirsi in un luogo protetto.

La monaca più anziana lavora a maglia, fa berretti per bambini e adulti.

«Li fa per venderli?»

«Magari» risponde lei. «Sono esposti nella sacrestia, ma gli acquirenti sono pochi. A me piace lavorare a maglia: è l'unica cosa che posso fare, alla mia età. Faccio e disfaccio.» Mi mostra il lavoro infilato sui ferri: «Era un berretto, adesso faccio guanti, poi magari tornano berretto».

Un'altra monaca ascolta, trepidante. Abbassa il capo e le sorride.

Sono donne che non hanno paura, determinate, consapevoli di essere nel giusto. Mi mostrano il pianterreno. Sono orgogliose della chiesa, che pur essendo consacrata non viene usata per la messa. «Non viene nessuno» spiega la monaca che mi fa da guida, «ma la puliamo sempre, e puliamo anche la sagrestia, non si sa mai!» Non mi hanno fatto notare i mobili rotti, l'intonaco scrostato e gli spifferi. Nell'ingresso ci sono un presepe e il banchetto della merce in vendita: biancheria da tavola, centrini, oggetti natalizi e i lavori a maglia della monaca anziana. Sembra che nessuno abbia comprato niente. Nel frattempo, i negozi di Palermo straripano di gente ciarmuliante per gli ultimi acquisti di Natale. Lì, silenzio. Compro una quantità di cose: berretti, sciarpe, un gilet, pupazzetti di maglia per una cifra ridicolmente bassa.

Penso di offrire di più, ma temo di offenderle: sarebbe elemosina. Pago in tutto venti euro. La più giovane, che fa da madre badessa, ne è estasiata. «Questo ci farà mangiare per quattro giorni – un pensiero di meno» e poi si mette a parlare d'altro.

Sono tornata all'istituto di padre Messina mentre finivo di scrivere questo libro. Sembrava vuoto e abbandonato. Era nascosto agli occhi dei passanti da teli e transenne, c'era un esercito di operai al lavoro. Lo stanno demolendo? Dove sono andate le tre monachelle? Perché accanirsi contro questo edificio?

Palermo si è spesso mostrata indifferente, se non sprezzante, dinanzi alle norme dell'edilizia e ai piani regolatori. Sfacciata e volgare, la città del dopoguerra e del sacco è piena di costruzioni inutili, vuote, grottesche, che la deturpano impedendo la vista del mare, delle chiese e dei palazzi. A beneficiarne sono stati i costruttori, i politici corrotti e i loro prestanome; e, naturalmente, la mafia.

Perché infierire proprio sull'istituto di padre Messina? Perché non usarlo per accogliere immigrati e rifugiati?

«*Il mio è mio fino a quando non vedo*
un altro che non lo ha»

Una relazione ufficiale del procuratore generale del re, stilata nel 1838, definiva Palermo così: "Una città di duecentomila abitanti e rimasta feudale nel secolo XIX. Vi vivono quarantamila proletari la cui sussistenza dipende dal caso e dal capriccio dei grandi. Qui si vendono gli uffici pubblici, si corrompe la giustizia, si fomenta l'ignoranza del popolo. E poi peraltro questa capitale ha il suo lusso e la sua corruzione". Il procuratore generale continuava: "La Sicilia è scarsa di popolazione, senza strade, senza commercio, senza industria, con le prepotenze del patriziato e le insolenze della plebe".

L'anno precedente Giacomo Cusmano, di quattro anni, quartogenito di un ingegnere agronomo e di una casalinga, aveva perso l'amatissima madre di colera, in una delle frequenti epidemie nella città; fu allevato insieme ai fratelli dalla sorella maggiore Vincenzina, che rinunciò al matrimonio. Palermo in quel periodo brulicava di miserabili e l'elemosina ai poveri era parte integrante dell'etica dei Cusmano: lavoro, ubbidienza e generosità per i meno fortunati. Chi bussava alla porta riceveva l'elemosina. Il padre aiutava i malati a comprare le medicine.

In quel contesto maturò la precoce vocazione di Giacomo. Se vedeva un bambino scalzo, con i piedi sporchi e intirizziti, si toglieva le scarpe per dargliele; se ne vedeva uno senza camicia gli offriva la sua e tornava a casa solo col giubbetto. Seguiva una logica tutta sua: «Il mio è mio fino a quando non vedo un altro che non lo ha; a quel punto ho il dovere di dargli il mio, che diventa suo».

Da adulto prese i voti minori di cappuccino questuante. Spinto dal vescovo Turano, divenne sacerdote secolare della parrocchia di San Nicolò all'Albergheria. Molti dei trentamila parrocchiani erano malati e lui, per assisterli meglio, si laureò in Medicina e Chirurgia divenendo "il medico dei poveri".

Dopo la caduta dei Borbone, Palermo era povera e sconvolta. L'Unità d'Italia portò ulteriore povertà e nel 1861 Giacomo fondò delle case di accoglienza per orfanelle e ragazze "pericolanti", sostenute dalle offerte della gente del quartiere.

Il 1866 fu un anno disastroso per tutta la Sicilia, colpita da una carestia. Inoltre, lo Stato emanò una legge che scioglieva le corporazioni religiose, incamerava i loro beni e li vendeva all'asta a nobili, borghesi e a chi si era già arricchito con metodi mafiosi. Il ricavato fu usato a beneficio del Nord Italia. All'Albergheria c'era tanta fame. Per sfamare i poveri, Giacomo faceva la questua.

Il 16 settembre 1866 la città affamata si ribellò. Il sindaco, il marchese di Rudinì, fece sparare sugli insorti (guadagnandosi una medaglia d'oro al valore militare); sei giorni dopo, il generale Raffaele Cadorna sbarcò con ventimila uomini che occuparono chiese e monasteri sbaragliando ogni resistenza. L'ordine fu ripristinato con la repressione, la violenza e l'ingiustizia. Cadorna infierì contro il clero incarcerando l'arcivescovo di Monreale, vietando processioni e il suono della campana e proibendo ai frati di portare il saio.

La città era in ginocchio. Soltanto allora la stampa nazionale si accorse della disperazione di Palermo. Gli affamati rubavano il pane e intere famiglie morivano di una nuova malattia: l'inedia, con lunghi digiuni forzati che portavano alla morte.

Il 21 febbraio 1867 Giacomo fondò il Boccone del Povero, un'associazione basata su carità, servizio ai poveri e apostolato laico, composta da sacerdoti e laici di entrambi i sessi, istituita canonicamente nel 1868. Lo scopo immediato era sconfiggere la fame, ma si voleva anche preparare i poveri al lavoro.

Padre Cusmano morì nel 1888, anno in cui fondò l'Associazione delle Dame di Carità, e fu pianto dalla città intera. Fu proclamato beato il 30 ottobre 1983 e la sua opera esiste ancora oggi, in Italia e all'estero.

Quando ero bambina, andavo spesso con mamma al convento femminile del Boccone del Povero. Venivamo ricevute nella stireria. Sedute accanto alla vetrata, le monache anziane pregavano mentre levavano pietruzze dalle lenticchie; la vista era debole, ma le dita andavano veloci. Sentivo il loro sommesso mormorare preghiere dal centro dello stanzone, dove venivamo accolte dalle monache stiratrici, affaccendate sui tavoli, piene di parlantina. Era uno spettacolo: i ferri riempiti di brace ardente sfrigolavano sulla stoffa bagnata e il fumo saliva in alto come in una fucina. Dopo aver finito di stirare, le monache aprivano i pacchi che avevamo portato: abiti smessi, cibo e una busta piena di denari.

Allora, una di loro prendeva la boatta in cui conservavano le ostie rotte che non si potevano usare per la comunione e da cui ricavavano minuscoli dolcini per i visitatori: una spolverata di zucchero tra due ostie, poi una velocissima passata di ferro caldo e si sprigionava un profumo caramellato, da paradiso.

Le sante protettrici: quattro, cinque o una?

A Palermo poveri e ricchi vivono vicini, spesso ignorandosi. Ma nella "mia" Palermo, dove le famiglie rimaste nella città vecchia (per onorare la tradizione non volevano lasciare il palazzo, o non avevano denari per comprare nella città nuova appartamenti moderni con bagni funzionanti, riscaldamento centrale, ascensore, portiere) sembrano incastonate nel tempo, sono sempre vivi il dovere di aiutare poveri e affamati, e il rispetto quasi affettuoso per chi abita nei catoi. La solidarietà è forte.

Ogni lunedì, un'amica lascia il palazzo quattrocentesco di via Bandiera in cui è nata e vive e va a servire il pranzo ai poveri. «Cibo e conversazione» mi spiega, perché parlare e fraternizzare con i poveri e i derelitti è nutrimento dell'animo. Si fa chiamare con un altro nome, per non essere riconosciuta, ma spesso le viene chiesto: «Sei quella che sta nel palazzo di via Bandiera?» e alla sua risposta affermativa il rapporto continua nello spirito di Cusmano: chi fa del bene non vuol essere ringraziato.

Nonostante la fede sia diminuita, a Palermo ci si continua ad aiutare gli uni con gli altri.

Palermo, città fenicia e romana, divenuta cristiana sotto l'Impero romano d'Oriente, mantenne il rito cristiano ortodosso per tutto il primo millennio.

L'avvento dei normanni, dopo gli arabi, fu sostenuto dal papato d'Occidente, che voleva restituire alla Chiesa romana Palermo e tutta l'isola. Nel 1098, papa Urbano II conferì al normanno Ruggero la Legazia Apostolica, cioè gli diede carta bianca nel regolare la Chiesa ortodossa e portarla sotto l'influenza cattolica romana: il che fu fatto importando vescovi e cardinali dal Nord, soprattutto dalla Lombardia e fino ai giorni nostri. Il cardinale Ernesto Ruffini, famoso per aver espresso pubblicamente opinioni ambigue sull'esistenza o meno della mafia, era mantovano.

Tuttora, nella mia città permane un non so che di eretico, ribelle e liberale. Sono perplessa dal fatto che le sue quattro sante protettrici (Agata, Cristina, Ninfa e Oliva) siano state scalzate da una non palermitana, mai vissuta a Palermo, Rosalia Sinibaldi, poi divenuta "la Santuzza".

Il grande merito attribuito a santa Rosalia è quello di aver debellato la peste nel 1624: la scoperta che le sue presunte ossa, trovate in una caverna di Monte Pellegrino dall'uomo al quale era apparsa, appartenevano a un cavallo non ha minimamente intaccato il suo prestigio. La festa della Santuzza, il 15 luglio, è la festa di tutti i palermitani, a cominciare dal sindaco che con la scala dei pompieri sale fino alla statua della santa per offrirle un mazzo di fiori freschi.

Nessuno pensa ad Agata, Oliva, Ninfa e Cristina, legittime protettrici della città; tanti ne hanno perfino dimenticato il nome. Ma loro, zitte zitte, come padre Cusmano, pregano tuttora per il bene della città.

«*Me l'aspettavo*»

Nato nel 1937, non lontano dall'istituto di padre Messina, al numero 109 di via Messina Marine, Giuseppe Puglisi era figlio di un ciabattino e di una sarta. Profondamente religiosa, Giuseppina Puglisi fu la fonte d'ispirazione del figlio: ospitava famiglie di amici e parenti venuti a Palermo dal paese per assistere un malato al vicino ospedale, e ricambiava col bene il male che riceveva.

Pino Puglisi era attivo nell'Azione Cattolica e frequentò le scuole magistrali; amava aiutare i compagni e i ragazzi del quartiere. A diciannove anni fu chiamato per un colloquio dal parroco di San Domenico, monsignor Francesco Guercio, assistente diocesano di Azione Cattolica. «Hai mai pensato di farti prete?» fu la prima, fulminea domanda.

Aveva ventitré anni quando, nel luglio 1960, fu ordinato sacerdote a Castelvetrano, dove la famiglia si era frattanto trasferita. Le regole del seminario di Castelvetrano, ancora basato sul modello del Concilio di Trento, erano molto severe. La lettura di riviste e giornali laici era bandita e le visite alla famiglia erano limitate al fine settimana; inoltre, il cardinale Ruffini aveva aggiunto il divieto di parlare di teologia e filosofia al di fuori del seminario.

Serio, competente e studioso, padre Puglisi adorava l'insegnamento e sviluppò in quegli anni la capacità di ascoltare. Nel 1967 ritornò a Palermo per lavorare nel quartiere dell'Addaura come cappellano dell'istituto F.D. Roosevelt, un orfanotrofio che assisteva cinquecento figli di carcerati e prostitute, oltre a ragazzi senza famiglia. Non lo dimenticarono mai e molti di loro andarono al suo funerale. Inoltre, padre Puglisi si prodigò per assistere i terremotati del Belice, nel 1968. Nel 1990 divenne parroco della parrocchia di San Gaetano a Brancaccio, non lontano da dov'era nato. Brancaccio era un grande quartiere tra gli agrumeti della Conca d'Oro, frutto del sacco di Palermo e centro delle lotte tra mafia agricola e mafia dell'edilizia, dove le famiglie sfrattate dal centro storico (abbandonato dal Comune dopo i bombardamenti del 1943 e diventato una trappola mortale) furono alloggiate in enormi termitai di cemento. In mezzo ai termitai erano state costruite eleganti palazzine con giardino per i capi della malavita.

Negli anni ottanta, Brancaccio era stato il teatro delle guerre tra i clan dei Greco e degli Zanca, alleati contro i mafiosi Bontade e Contorno. Lo Stato e il Comune avevano abbandonato la gente del quartiere: a Brancaccio non c'era scuola media, non un presidio sanitario, non un asilo nido, non un consultorio familiare. Non c'era verde pubblico. Mancavano le attrezzature sportive, anche solo un campetto da calcio. Di notte giravano prostitute e contrabbandieri. Il 12 per cento dei nuovi abitanti di Brancaccio non aveva lavoro.

Padre Puglisi aveva affinato la cultura della fratellanza negli anni in cui aveva prestato servizio a Godrano, un paese dell'interno in cui era riuscito a far rappacificare due famiglie dilaniate da una faida sanguinosa. Era determinato a cambiare Brancaccio; voleva avvicinarsi ai giovani senza speranza, ai vecchi e alle famiglie facendo ricorso alle sue formidabili armi: l'ascolto e la parola.

Iniziò con i giovani. Era un affabulatore e li affascinava con racconti, battute, barzellette, con il suo non prendersi sul serio. Si sentiva totalmente a proprio agio con loro: il suo sorriso mite, lieto e sereno era ancora quello di quand'era ragazzo. Organizzava attività culturali, sportive e perfino vacanze per i ragazzi di Brancaccio – soltanto per i maschi:

le femmine non avevano il permesso nemmeno di uscire di casa sole. Poi cominciò a organizzare riunioni per le famiglie durante le quali si leggeva il Vangelo. I fedeli poi lo commentavano alla luce di esperienze personali.

La lettura delle Sacre Scritture era uno dei cardini dell'apostolato di padre Puglisi. I fedeli – molti analfabeti – venivano a frotte: in tanti si distaccarono dalla cultura mafiosa, alla quale finalmente vedevano un'alternativa, e cominciarono ad aiutarlo. Padre Puglisi strappava così manovalanza alla criminalità organizzata e dava esempi di educazione civica. Infaticabile, continuava anche a insegnare religione al liceo. Seguiva una regola fondamentale: andare incontro al prossimo e amarlo. Era un uomo semplice e vero. Non si sentiva un sacerdote che lottava contro la mafia: per lui, l'apostolato consisteva soprattutto nell'ascolto e nell'insegnamento, ovvero nel curare le ferite che trovava. Non conosceva aggressività, polemica, durezza.

Il 13 luglio 1991 fu inaugurato il centro sociale Padre Nostro, in un edificio poco distante dalla chiesa di San Gaetano; come altare, una botte da vino con sopra un'asse per impastare, un tronco con due rami come leggio per il messale. La Bibbia era aperta sui Proverbi: "L'odio suscita litigi, L'amore copre ogni colpa". Fu un momento di grande gioia.

Padre Puglisi era ben noto nell'ambiente della Curia, e anche in città. Non scrisse mai della sua esperienza, scrisse però un'introduzione al cammino di catechesi pubblicato da Segno 7: "Quella mafiosa non è soltanto una società. È a suo modo una cultura, un'etica, cioè un modo di pensare, un criterio di giudizio, una regola di comportamento in modo da stringere e rispettare dei legami all'interno del gruppo, un linguaggio, un costume".

Condannava la mafiosità satanica: "Essa falsa termini

come famiglia, amicizia, solidarietà, onore, dignità e li distorce e carica di significati opposti a quelli cristiani allo scopo di dominare con prepotenza e complicità nel male come affermazione di sé, di potenza, di disprezzo dell'altro, di prestigio basato sul potere e la ricchezza ricercata con tutti i mezzi, e di diritto-dovere di farsi giustizia da sé e vendicare l'offesa, di sopprimere l'avversario e il testimone".

Negli anni novanta a Palermo divampò una guerra di mafia, in cui caddero anche alcuni magistrati. Il giudice Giovanni Falcone fu ucciso insieme alla moglie e agli agenti di scorta il 23 maggio 1992 e il suo collega Paolo Borsellino, insieme alla scorta, il 19 luglio dello stesso anno.

Padre Puglisi sapeva che sarebbe arrivato anche il suo turno, aspettava sereno. L'anno seguente, il 15 settembre, giorno del suo cinquantaseiesimo compleanno, fu ucciso da due mafiosi. «Me l'aspettavo» disse al primo che lo afferrò per un braccio. E sorrise. I due assassini furono presi e condannati, in seguito si sono pentiti e adesso collaborano con la giustizia.

Successivamente beatificato, padre Puglisi, mi sembra, *mutatis mutandis*, un erede di padre Cusmano: si preoccupava non soltanto della vita spirituale dei fedeli, incoraggiandoli ad allevare la famiglia secondo i princìpi cristiani, ma anche di sfamarli, educarli, aiutarli a trovare lavoro, vivere onestamente e stare alla larga da delinquenza e corruzione, vigilando nel contempo sulla classe politica comunale e regionale per denunciare corruzione e ingiustizie. La consapevolezza che presto sarebbe morto non lo ha fermato.

Dopo la sua scomparsa si è scatenata la gara ad accaparrarselo: gente che nemmeno lo aveva conosciuto giurava di averne ricevuto le confidenze, di essere stata ispirata da lui, di averlo aiutato e sostenuto anche finanziariamente.

Palermo, però, deve sentirsi responsabile della sua morte come me ne sento responsabile io, da cittadina seppur lontana. Padre Puglisi si è esposto senza timore, ma è stato lasciato indifeso ai suoi killer.

«È tempo che prendiamo la parola»

Mi conforta e dà speranza vedere che, dopo la morte di padre Puglisi, molti sacerdoti coraggiosi e appassionati hanno scelto di continuare la sua missione per il bene spirituale e materiale dei più poveri, spesso disoccupati e senza istruzione, riuscendo a coinvolgere anche la borghesia palermitana.

Quando sono andata a trovarlo, padre Cosimo Scordato – anima della rettoria di San Francesco Saverio, nello storico quartiere dell'Albergheria – era tornato da poco dagli Stati Uniti, dove uno dei suoi fratelli stava molto male; non era arrivato in tempo per salutarlo. Cortesissimo, mi ha spiegato il suo apostolato e il coinvolgimento della città nelle opere della rettoria. Sacerdote dal 1972, ha studiato teologia presso la Pontificia Università Angelicum e insegna da qualche decennio presso la Facoltà Teologica di Sicilia e all'Accademia di Belle Arti di Palermo.

Negli anni ottanta ha fondato il Comitato popolare antimafia e creato alla rettoria un centro sociale che promuove un'opera di risanamento del quartiere. Cerca di coinvolgere i parrocchiani incoraggiandoli a farsi autori del proprio riscatto, ma ha bisogno anche di volontari che sostengano i giovani negli studi.

Quella domenica l'atrio della chiesa era pieno di fedeli arrivati dai quartieri nuovi di via Libertà: professionisti che, individualmente o attraverso organizzazioni come il Rotary Club, partecipano alle attività della parrocchia sostenendo anche finanziariamente gli studi di giovani a rischio o meritevoli – una forma di tutoring e un sostegno prezioso per quei ragazzi che non vogliono diventare disoccupati o criminali.

Padre Scordato, come padre Puglisi, non teme i potenti né la mafia. «È tempo che, senza paura, nella Chiesa e nella città prendiamo la parola da cristiani adulti e responsabili, per una credibilità e veracità ecclesiale» ha detto.

L'Africa in cortile

Poliedrico e carismatico, Biagio Conte (1963) non è un sacerdote ma rappresenta la spiritualità della Palermo moderna. A sedici anni lascia la scuola e comincia a lavorare nell'impresa edile di famiglia. Nel 1983, una crisi spirituale lo porta ad allontanarsi da casa. Dopo aver vissuto qualche anno a Firenze, si ritira in eremitaggio nell'entroterra siciliano. Nel 1991 decide di partire per l'Africa come missionario, poi capisce che la sua Africa è in cortile, dietro casa, a Palermo. Asceta, missionario laico, uomo di intelletto e di grande umanità, nel 1993 fonda la Missione di Speranza e Carità, un centro di accoglienza per extracomunitari e senzatetto. È stato una delle prime persone che papa Francesco ha voluto incontrare in occasione della sua visita apostolica a Palermo.
Io lo conosco per come ne parlano gli amici, attraverso le testimonianze video e per le tracce che ha lasciato nella mia città. Il suo modo di parlare è pacato, la lingua semplice e la comunicazione essenzialissima. Ha un sorriso permanente, sicuro, ostinato, che la barba folta incornicia e non nasconde. Gli hanno dato del folle, e lui accetta con tranquillità la definizione. Si veste con un saio verde scuro, porta dei sandali, si appoggia a un bastone che per un lungo periodo è stato fondamentale per ovviare al grave stato delle sue vertebre. Si è mosso anche con la carrozzina. Dopo un viag-

gio a Lourdes cammina meglio: è passato da una condizione di disabilità a un nuovo dominio dei suoi arti inferiori. Biagio Conte è uomo di forte fede cristiana che si illumina e nasce dallo scontro/incontro con la società dei poveri, dei reietti, degli ultimi. Nelle sale della sua Missione di Speranza e Carità, la gente produce cibo, giocattoli, utensili per gli immigrati. La sede della Missione è in via dei Decollati, non lontano dal fiume Oreto e dallo sciamare dei binari che portano alla stazione ferroviaria, dove è cominciato l'apostolato di Conte.
Il misticismo di Conte è in continuità con il passato di dedizione e cristianesimo militante degli altri grandi uomini di fede palermitani dei secoli scorsi.

Il cristianesimo palermitano

Poche altre città della Sicilia hanno avuto uomini come quelli di cui ho scritto. E mi chiedo perché. Forse, ripensandoci, è l'aspetto islamico di Palermo che permane nella nostra religiosità.
  Al Cairo, a Casablanca, a Marrakech, ad Aleppo, ho visitato luoghi di culto e mi sono stati indicati istituti per poveri e derelitti fondati da un imam o da un religioso, comunque uomini dall'indole appassionata, quasi istrionica, che cercano di aiutare gli altri secondo il principio della fratellanza islamica, simile a quello che potremmo chiamare "cristianesimo palermitano".

Anni fa assistetti a una funzione religiosa in un tempio induista a Mumbai.
  Dopo, la congregazione fece la fila dietro l'altare per pregare davanti a un altarino con sopra la statua di una divinità. Alcuni pregavano ad alta voce, altri sussurravano. Mi

fu spiegato che quelle preghiere avevano il potere di "migliorare" l'incarnazione successiva del fedele.
Siamo tutti uguali, pensai.

Infatti a volte mi sembra che i palermitani considerino la Chiesa cattolica alla stregua delle civiltà dei loro conquistatori: la accettano, ma vogliono essere liberi di modificarla a loro piacere. Per esempio, vogliono "trattare" sull'accesso al Paradiso attraverso le indulgenze.

In città, dentro le chiese come sui muri, ci sono edicole con dipinti o statue di Cristo o della Madonna: sotto, scritte che promettono una riduzione della penitenza in Purgatorio in cambio di preghiere. Uno "sconto" della pena e un mercato di indulgenze in cui il denaro non ha un ruolo.

A giudicare dalle scritte, sembra che il cardinale Michelangelo Celesia sia stato quello che ne ha concesse di più, mentre il lombardo cardinale Ruffini, oltre che il più generoso (concedeva trecento giorni, mentre gli altri da quaranta a cento), era anche il più furbo: fece pagare il costo di un'edicola di via Porta di Castro alla famiglia Bufetto, il committente.

Ho copiato alcune di queste scritte:

1724
Vicolo San Giuseppe d'Arimatea
A chi devotamente dirà un'Avemaria dinanzi a questa Sacra
Immagine S.S. della Vergine riceverà 40 indulgenze promesse
da Monsignor Gash Arcivescovo di Palermo nell'anno 1724.

1741
A tutte quelle persone che diranno un Credo a questa
Santa Immagine del S.S. Ecce Homo, l'Eccellente illustrissimo
Sig. Arcivescovo di Palermo Cordona Giovanni concede
40 giorni di indulgenze.

15.3.1827
Via dei Biscottari
Chi devotamente reciterà gli atti di Fede, Speranza e Carità
a questa S.S. Immagine del S.S. Crocifisso guadagnerà
100 giorni di indulgenze.
Sua Eccellenza Cardinale Gravina 15 marzo 1827

4.11.1886
Si concedono giorni 40 di indulgenza a chi recita gli atti
di fede, speranza, carità e dolore, accordati dall'arcivescovo
Raffaele Mormile.

Settembre 1887
via Porta di Castro
Chi reciterà 1 Ave Maria e 3 Gloria guadagnerà giorni 40
di indulgenze concesse dal cardinale Michelangelo Celesia.

26.8.1889
via di San Giosafat, angolo via Maqueda
Concediamo 100 giorni di indulgenza per ogni AVE che i fedeli
reciteranno dinanzi l'Immagine di S.S. Maria di Loreto
dipinta in rame di cui si parla nel presente esposto.
Cardinale Celesia Ach.

17.8.1900
via G.M. Puglia
Si accordano giorni 100 di indulgenza a tutti i fedeli
che devotamente reciteranno un'Ave Maria davanti la cappella
di Maria Santissima come si implora col presente esposto.
Cardinale Celesia
Di Cabocappa Matteo.

30.3.1902
Angolo CV Mercurio Palazzo
Ecce Homo

L'arcivescovo Celesia concede quante volte si recita Gloria giorni 100 di VERA indulgenza.

20.5.1946
*Chi reciterà devotamente un'Ave Maria
della Madonna Santissima del Rosario guadagnerà
300 giorni di indulgenze concesse da Sua Eminenza
il cardinale Ernesto Ruffini arcivescovo di Palermo
Per cura e spese della famiglia Bufetto, via Porta di Castro.*

Dietro le quinte

E le donne? I numerosi monasteri femminili di Palermo si limitavano a fare dolci e a venderli?

In realtà, il ruolo della donna all'interno della Chiesa è stato sempre protetto, in quanto le religiose non potevano vivere nella comunità e agire liberamente come gli uomini. Rimanevano dunque dietro le quinte e al servizio dei sacerdoti, anche se dal Seicento in poi le aristocratiche palermitane sono state molto attive nel campo della beneficenza, tutta femminile. Fondavano conventi dove avrebbero messo le figlie in soprannumero (e non uccise), destinandole alla vita monacale e risparmiando l'ingente spesa della dote; in più creavano conventi per ragazze povere, e "conservatori" per donne pericolate o pericolanti.

Dopo il 1860, con le leggi eversive del 1866, tutte le proprietà della Chiesa furono requisite dallo Stato italiano, i conventi e i monasteri chiusi, i religiosi mandati a casa e i loro beni venduti all'asta per rimpinguare le casse statali. Un periodo nero e vergognoso dell'Unità d'Italia.

Cu nesci arrinisci

Cu nesci arrinisci (Chi va via ha successo) è un proverbio un tempo di uso comune, apparentemente ottimista.

La mia bisnonna Francesca aveva quattro figli maschi. Il maggiore, come si usava allora, fu adottato da uno zio paterno, un notaio che aveva la moglie sterile. Era agiato e rimase in Sicilia, dove non lavorò mai. Finì alcolizzato.

Gli altri tre fratelli dovevano lavorare per mantenersi e andarono all'università "in Continente". Uno, zio Niccolò, finì all'Università di Liegi, si laureò in Ingegneria e fece ritorno a Palermo. Gli altri due studiarono Medicina in Italia, rispettivamente Bologna e Roma: rimasero nella città in cui si erano laureati, facendo carriera, sposarono donne del luogo ed ebbero figli.

Zio Niccolò visse tutta la vita a Palermo nella casa di famiglia. Non prese moglie e lavorò il tanto che gli bastava per vivere. Parlava poco. Non aveva amici. Accudiva la madre, diventata vedova, e il fratello maggiore. Faceva lunghe passeggiate. Sembrava contento.

Ogni estate, i "continentali" andavano a trascorrere le vacanze nella casa di campagna della nonna, che improvvisamente risuonava di chiacchiere e risate fino a notte fonda. Era una bella famiglia, molto unita, e un bell'esempio della verità contenuta nel proverbio.

Una volta ne parlavamo con Rosalia, la portinaia della nostra casa di Agrigento, intelligentissima e piena di spirito, a cui volevamo tutti molto bene. Rosalia aveva perso i contatti con la sorella emigrata a Torino, dove il marito lavorava alla Fiat, e ne soffriva: «Certo, per voi è vero che *cu nesci arrinisci*, ma per noi puvirazza non è cosi! *Cu nesci* non torna più, viaggiare costa troppo. E poi, se viene, dove sta? Le nostre case sono troppo povere. Loro hanno pavimenti di ceramica, acqua calda e fredda nei rubinetti, e magari salotti grandi! Per non parlare dei bagni! *Cu arrinisci* non ci vuole stare più nelle nostre case, non torna. Per non parlare delle mogli continentali! Quelle, "signore" sono! E se non lo sono ci addivennunu! E poi, non ci capiamo. Le mogli forastere il siciliano non vogliono parlarlo. E neanche i mariti, se ne vergognano! I figli continentali sunnu! *Cu nesci* deve dimenticare da dove è venuto. Ai figli non vogliono insegnare il siciliano, hanno paura di essere chiamati terroni. E che *arrinisciuta* è, questa? Meglio mangiare pane e tumazzo a casa propria che una fetta di carne in Continente!».

Le bugie sono necessarie, a chi *nesci* e non *arrinisci*. Bisogna mentire, scrivere di un successo immaginario e sostenerlo. Doloroso, da inventare e da scrivere. L'emigrante non può fallire, o, se fallisce, deve tenerlo nascosto ai familiari rimasti in Sicilia, fingendo di lavorare e guadagnare bene. È triste incontrare di nuovo la povertà, da cui si era scappati, e doverla nascondere.

*Per tutti i gusti, per tutte le classi sociali
e per tutte le tasche*

Oltre a essere diocesi vescovile e sede del cardinale, e ad avere un mercato fiorente per l'acquisto del corredo delle spose della Sicilia occidentale, Palermo è stata fino agli anni cinquanta, e forse oltre, il centro della prostituzione femminile, con bordelli per tutti i gusti, per tutte le classi sociali e per tutte le tasche.

Era facile trovare ragazze povere e venderle. Era facile anche comprarle dalle famiglie.

E non era inconsueto che un uomo delle classi alte si innamorasse di una prostituta e la sposasse. Nella società palermitana questi matrimoni erano accettati; se qualche parente preferiva non tenere rapporti stretti con la nuova arrivata, certamente i figli di quelle unioni erano accolti nonostante il passato della madre. Così è continuato fino ai giorni nostri, senza spettegolare per proteggere i figli innocenti. Sono fiera di questo aspetto dei palermitani, che sorprende chi non ci conosce. Peraltro, all'interno delle famiglie dell'alta società e della borghesia fino agli inizi del secolo scorso i matrimoni erano combinati: non era inconsueto che una giovane donna maritata avesse una storia d'amore o un'avventura con un parente del marito, a volte perfino con il suocero. Queste situazioni erano tollerate, senza biasimo, sempre per proteggere i figli.

Mi chiedo dove fossero andate, le ex prostitute e le ragazze buttate fuori dalle opere pie abolite dalle leggi eversive dopo l'Unità d'Italia. Furono costrette a vendersi? E dove andarono quelle stuprate o semplicemente disonorate in famiglia o da amici?

Durante la Belle Époque, Palermo divenne un centro turistico di famiglie regnanti e di ricchi borghesi. Accoglieva italiani trasferiti in Sicilia per lavoro, impiegati statali e rappresentanti di industrie e attività dell'Italia unita. Uomini spesso separati dalla famiglia, che frequentavano i bordelli.

Nello stesso periodo, la povertà spingeva le famiglie a vendere le figlie. Per le ragazze stuprate in famiglia o da un estraneo, la prostituzione poteva rappresentare una scelta.

La legge Merlin che nel 1958 abolì le case chiuse ebbe ampio spazio sui giornali, che io non avevo il permesso di leggere e che portavo di nascosto nella mia stanza. Ascoltavo brani delle conversazioni degli adulti, e avevo imparato che in un certo contesto la parola "fimmina" aveva un connotato peccaminoso. Gli uomini di casa parlavano di donne leggere, maritate e no, e di femmine maritate di un certo tipo, allora capivo che avevano amanti. Una volta osai chiedere a mamma se nella nostra famiglia ci fossero donne che avevano amanti. La risposta fu: «Se ce ne sono non lo so, ma se dovessero essercene dovremmo compatirle perché sono infelici». Poi mia madre mi spiegò che "noi" avevamo fama di essere e di produrre mogli fedeli e pazienti, che sopportavano le scappatelle dei mariti.

Zia Marisa

Ma c'era una lontana parente che faceva eccezione.

Mamma aveva annunciato a papà che sarebbero venuti dei cugini da Roma e avrebbero portato con loro zia Marisa. Mamma era ansiosa e non capivo perché. Avevamo sempre ospiti e non avevo mai notato in lei quel tipo di disagio; guardò papà negli occhi, come per chiedergli il permesso di invitarla. Lui ricambiò lo sguardo, poi calò gli occhi su di me seduta sul mio sgabello – era il momento del caffè dopo pranzo, quando avevo il permesso di andare da loro – e disse: «Marisa... chissà com'è diventata. Ai tempi era bella e in carne».

Due giorni dopo conobbi la zia. Piccola, prosperosa, con la gonna aderente e una camicetta attillata nonostante fosse ormai sulla cinquantina (e dunque, per quel tempo, fosse considerata vecchia), aveva le labbra rosse e un tocco di mascara sulle ciglia. Camminava con passo baldanzoso e ancheggiante sui tacchi alti. Forse non l'avrei nemmeno notato, se non avessi assistito a quel dialogo tra i miei genitori. Zia Marisa parlava di tutto con tutti, non faceva distinzioni tra maschi e femmine, mentre noi avevamo un modo diverso di porgerci con i maschi di casa. Dalla stanza dove mangiavamo noi bambini seguivo la conversazione che si svolgeva nella sala da pranzo attigua. Capivo poco le parole, ma percepivo l'atmosfera. Ridevano molto, più del solito.

Al momento del caffè noi bambini raggiungevamo gli adulti in salotto. Zia Marisa mi fece tante domande: era simpatica, intelligente, aperta. La seguii nella camera da letto di mamma, per la siesta pomeridiana, mentre mio padre si spaparanzava sulla sua poltrona a sdraio, in penombra, dopo aver chiuso le persiane. Mamma si stese sul letto vestita, la zia invece si tolse gonna e camicetta e indossò la vestaglia di mamma. Aveva un corpo sensuale, attraente, e ne era conscia. Adesso, sdraiate vicine, parlavano del più e del meno, soprattutto del passato. La zia sembrava uscita da un quadro, mi ricordava una donna nuda dipinta da un pittore spagnolo che mamma mi aveva fatto vedere su un libro. Non l'ho mai dimenticata, zia Marisa. Non l'ho mai più rivista.

Le nipoti delle signorine Messina

Nel 1957 ci trasferimmo da Agrigento a Palermo. Al pianterreno del palazzo in cui avevamo affittato un appartamento abitavano due anziane sorelle, le signorine Messina, di professione sarte. Ricevevano frequenti visite dalle nipoti, due ragazze molto belle e discrete. Mamma ammirava i vestiti e i tailleur che le signorine cucivano per le nipoti, e anche quelli delle clienti che incrociava in portineria. «Quando cresci, se abbiamo i soldi, ti faccio fare il tuo primo tailleur dalle signorine Messina» mi diceva.

Le clienti della sartoria Messina erano numerose. A volte erano accompagnate dai mariti, altre volte i mariti venivano a prenderle per riportarle a casa – o almeno così credevo. Mi ricordai di una cugina di mio padre: si lamentava della gelosia dell'anziano marito, che non le permetteva di andare da sola nemmeno dalla modista e insisteva sempre per accompagnarla. Quando il marito cominciò a soffrire di gotta e a uscire raramente, pretese che la modista mandasse i cappelli a casa, così che potesse aiutare la moglie nella scelta. Capii poi dalle mezze parole dei miei genitori che lui era gelosissimo e sospettava che la moglie andasse dalla modista per incontrare un amante.

A quindici anni cominciai a curare il mio aspetto e conobbi il mio primo amore. Mi sentivo a disagio quando incrociavo i mariti che andavano a prendere le mogli in sartoria: le loro taliate erano lunghe e indiscrete. Con mamma non volli parlarne e mi confidai con il mio amico del cuore, Goffredo. Lui mi spiegò che probabilmente quelle donne, le cosiddette nipoti e clienti delle signorine Messina, non erano altro che prostitute o donne che incontravano i loro amanti nella "sartoria", in verità un raffinato bordello. A mia madre non lo dissi mai, non volevo deluderla o imbarazzarla. Quando mi proponeva di farmi cucire il famoso tailleur, evitavo di risponderle. Ricordo ancora il silenzio intenso degli uomini e delle donne quando entravano e quando lasciavano la sartoria. Non accennavano nemmeno un gesto di commiato passando davanti al portiere, che dalla guardiola li seguiva con gli occhi.

Ne parlai anche con padre Aiello, il mio padre spirituale. La sua risposta fu: «Adesso sei una piccola donna e sarai taliata da uomini che ti desiderano. Non ti faranno nulla, lo capiscono che sei una ragazza seria. Non ne parlare con tua madre, la addoloreresti. Questa è la vita, e ricordati che anche quelle potrebbero essere buone persone e anime da salvare».

Qualche mese dopo mia madre mi diede il permesso di andare a piedi da sola a Casa Professa, nel quartiere dell'Albergheria, dove il sabato pomeriggio padre Aiello aveva organizzato un gruppo di lettura per ragazze della mia età. Mi piaceva moltissimo camminare per via Libertà, che poi cambiava nome diventando via Ruggero Settimo e infine via Maqueda, passare davanti ai negozi senza fermarmi a osservare le vetrine – piaceva a tutte tranne che a me –, volgendo lo sguardo intorno per studiare i palazzi. Era bella Palermo, specialmente via Maqueda, che da piazza Massimo portava alla stazione. L'unica nota stonata era la fontana di piazza Pretoria, troppo grande.

Via Maqueda aveva interminabili lavori in corso in trincee scavate lungo i marciapiedi. Gli operai, giovani e vecchi, emergevano dalla vita in su, ed erano tutti occhi quando passavano le donne. A volte poggiavano gli arnesi e seguivano il loro annacarsi. Certe ragazze lo gradivano, me ne accorgevo dal fatto che camminavano a braccetto e accentuavano l'annacata, tenendosi strette l'una all'altra per non cadere. Io avanzavo imperterrita, a passi lunghi, le scarpe senza tacco. Eppure quelli seguivano anche la mia camminata e mi lanciavano complimenti pesanti. Li guardavo severa. Loro capivano e riprendevano a lavorare. C'era sempre qualcuno che cercava di rabbonirmi: «Un s'uffinnissi, signorina, però bona è!» gridava. E io fingevo di non sentirlo. Adesso penso che ero troppo rigida. Quegli operai che lavoravano con lo sguardo all'altezza delle gambe non intendevano offendere, né provocare. Godevano del poco a disposizione. La battuta, il complimento scollacciato, la taliata lunga, nella certezza che non avrebbero mai avuto seguito, erano un gioco che solleticava fugacemente l'eros e si dissolveva nell'aria.

Donne "leggere"

Come tutte le città portuali, che sono anche centri di turismo, Palermo offriva e tuttora offre servizi "particolari" ai visitatori. La prostituzione dev'essere nata insieme a Palermo; i clienti erano i marinai, la gente di paese – assetata di novità e di esperienze sessuali diverse – e i palermitani stessi.

Le palermitane maritate, avendo fama di essere più libere delle donne della provincia, usavano occasionalmente il sesso per un miglioramento sociale, non loro ma del marito. Erano descritte caritatevolmente come "leggere". Si sapeva che certe mogli di professionisti o di impiegati di concetto avevano favorito la carriera del marito – in genere sospettato di essere connivente – attraverso avventure con uomini di potere.

La moglie palermitana che non tradiva il marito lo aiutava cercandogli clienti o pazienti. Gina Soti, un'amica di mamma, era bravissima. Magra e bruttina, ma molto intelligente e spigliata, non perdeva occasione per fare pubblicità al marito, un medico che svolgeva anche attività accademica. Se prendeva la carrozzella per tornare a casa insieme a noi, non dava mai il nome della strada e il numero civico. «Gnuri, ci purtassi allo studio del professore Soti» ingiungeva al cocchiere. Alla risposta di quello, «unni?», rispondeva a sua volta: «Ma comu, 'unn'u sape? È il miglior otorino di Palermo». E così faceva anche quando era vicina alla stazione Centrale: la gente di provincia arrivava sperando di trovare un bravo medico, anche su indicazione di un passante. Gina controllava gli orari e andava sul binario in attesa del treno. Quando vedeva gruppi familiari che riconosceva come potenziali pazienti, si avvicinava affannata e chiedeva: «Scusi, ha l'indirizzo del professore Soti?». Alla risposta negativa, mostrava stupore e disperazione: «E ora come faccio? È il più bravo otorino di Palermo. Sono venuta apposta per vederlo e ho perso il pezzo di carta con l'indirizzo», e faceva una scenata al pensiero di mancare l'appuntamento con il famoso medico, l'unico in grado di guarirla.

Queste donne, tanto diverse da noi, erano amiche di famiglia e le stimavamo anche se non condividevamo il loro modo di vivere. All'inizio me ne sorprendevo, più avanti sono diventata consapevole della varietà umana (e morale) dei miei simili. La moglie che aumentava il reddito del marito trovandogli nuovi clienti attraverso il proprio amante e quella che aveva un amante generoso, prodigo di regali per lei e per i suoi, facevano del loro meglio per la famiglia. A quei tempi la donna sposata non trovava lavoro facilmente. Portare denari attraverso uomini "interessati" a lei era un modo per contribuire al mantenimento della famiglia o per comprare vestiti o gioielli che altrimenti non avrebbe potuto permettersi.

La società palermitana era aperta abbastanza per accettare questo ruolo delle donne maritate. E c'è di più: accettava la moglie "continentale" (talvolta anche palermitana) di un parente che l'aveva sposata dopo averla conosciuta come prostituta.

All'inizio del secolo scorso non era raro che un siciliano si innamorasse di una donna "leggera" conosciuta in Continente e la sposasse. Queste donne si rivelavano ottime mogli e madri ed erano accettate in famiglia e rispettate.

I figli non erano malvisti e facevano buoni matrimoni, sia nella borghesia sia nell'aristocrazia. Non ho visto in nessun altro paese una società aperta e generosa come quella palermitana.

Le prostitute di professione suscitano in me rispetto e curiosità. Hanno un lavoro pesante. Inoltre, sono convinta che contribuiscano alla solidità dei matrimoni "salvando" molti clienti da innamoramenti pericolosi.

A Palermo la prostituzione crebbe a dismisura dopo l'Unità d'Italia, sia per l'influsso di gente del Nord sia per la povertà. Palermo, la più grande città dell'isola e porto di mare, meta di visitatori stranieri o del Continente, è sempre stata la capitale del sesso in Sicilia. "Sistemarsi" o trovare marito attraverso il sesso prematrimoniale non era inconsueto. I bordelli erano in tutti i quartieri, ma prevalentemente in centro.

Noi siciliani diamo molta importanza al legame di sangue, e relativamente poca al passato delle persone "di fuori" che entrano in famiglia. Anche nei matrimoni più contrastati, come per esempio il mio. (Quando telefonai a mio padre da Cambridge – dove ero stata mandata a imparare l'inglese – per informarlo che volevo fidanzarmi con il giovane laureato venuto a farmi visita in campagna l'estate precedente, tuonò: «Non fare niente! Prendo l'aereo, ti metto in un baule e ti riporto a casa». A matrimonio avvenuto papà accettò senza riserve mio marito e sopportò le numerose visite di mia suocera, anche se non aveva alcuna affinità né con lui né con lei.)

Conosco una famiglia unita e felice con una storia straordinaria. Negli anni venti il figlio maggiore, Peppe, era andato a studiare a Padova. Lì aveva preso in affitto una stanza in casa di due donne, madre e figlia. C'era anche una nipote quindicenne, Carla, che si vedeva poco. Avvenne che un giorno Peppe e Carla uscissero di casa insieme, diretti in centro. Camminando camminando, si innamorarono. Non fu difficile per loro finire a letto insieme, e sembrava che la madre e la nonna non ci facessero caso. Fu allora che Peppe capì che le due erano ex prostitute, che a un certo punto avevano preferito prendere a pigione studenti universitari. Peppe non voleva che Carla, di cui era stato il primo uomo, finisse come la madre e si offrì di pagarle la retta in un collegio fino a quando non avesse compiuto sedici anni. Così avvenne. L'anno successivo Carla rimase incinta. Peppe la sposò segretamente e lo nascose ai genitori. Ma quelli vennero informati dal figlio minore, che studiava anche lui al Nord e che durante una visita al fratello aveva scoperto tutto. I genitori invitarono Peppe a portare con sé in Sicilia la moglie (insieme a madre e nonna) e la figlia che nel frattempo era nata. Il matrimonio fu felicissimo e la famiglia siciliana si legò molto alla famiglia padovana. Nessuno pensò mai male di loro, pur conoscendone la storia.

In corso Vittorio Emanuele c'era un elegante bordello risalente ai primi del secolo scorso. Adesso, in quello che sembra un teatrino, ci sono gli strumenti di un complesso di jazzisti. Attorno, ad anfiteatro, arcate con sedie e tavolini; sopra le arcate si aprono grandi finestre con davanzali larghi abbastanza per potercisi sedere. Infatti lo scopo era quello: il giovane che mi fa da guida mi spiega imbarazzato che un tempo le ragazze si mostravano dalla finestra.

Mi chiedo se l'abolizione delle case chiuse sia stata un bene per le prostitute e per la società. Adesso i ricchi danno un reddito alle prostitute, mentre i poveri ricorrono alle disgraziate dietro la tenda nella parte alta di Ballarò.

Continuando, vedo da un lato i resti delle mura di Palermo, a strati, le une sulle altre, mai incorporati. Le più vecchie sono le fenicie, poi le islamiche e infine le normanne. Quanto è vecchia la mia città! E quanto è stata amata e rispettata. I conquistatori hanno costruito a ridosso di quello che c'era, senza buttare giù le mura, a volte assorbendo, a volte rinforzando, a volte lasciandole nude, e mai distruggendole. La strada peggiora. C'è puzza. Lì vivono gli immigrati africani, gli ultimi venuti nello squallore. Però qua e là si vedono anche parrucchieri, barbieri e botteghe del loro cibo. Fra dieci anni sarà una zona ricca e pulita.

I ricottari

I ricottari. La malavita di Palermo è un libriccino di fine Ottocento scritto da un medico dell'Ufficio d'igiene di Palermo, Antonino Cutrera. Lo trovai in un bed&breakfast e pensavo parlasse di corruzione o della mafia dei formaggi. Mi sbagliavo.

Il ricottaro era un uomo che sceglieva una vergine pronta a prostituirsi, o una ragazza già "svergognata", la addestrava bene nell'*ars amandi*, dopodiché o la metteva a lavorare in proprio, o in un bordello che accettasse il loro legame. I due si sarebbero incontrati a giorni fissi per rinnovare il loro rapporto sessuale. Se al bordello lei veniva trattata male lui la proteggeva, quasi come un rappresentante sindacale.

I guadagni della ragazza erano divisi tra il proprietario del bordello e il ricottaro. Quando la ragazza raggiungeva con i suoi guadagni la cifra che era stata pattuita, smetteva di prostituirsi per diventare la moglie del ricottaro, a cui avrebbe dato figli. Naturalmente non andava sempre così, ma era un sistema in uso e rispettato, oltre che – a quanto ne so io – unico. Anche questo era un modo tutto palermitano e fantasioso per gestire una situazione difficile.

Vatinne

Ho rivisto le prostitute a Palermo, inaspettatamente, qualche mese fa.

Avevo preso una traversa di corso Vittorio Emanuele ed ero entrata a Ballarò. Le facciate restaurate che si aprono sul Cassaro davano l'impressione di una città ben tenuta. Dopo pochi metri, nei vicoli dove un'automobile entra a stento, mi ero trovata di fronte a palazzi che portano ancora i segni della guerra e nei cui bassi si vive in povertà.

Attraverso le sbarre di un cancello avevo visto un cortile semiabbandonato ingombro di biciclette, automobili, scooter ecc. In un angolo, però, era stato ricavato un cortiletto, delimitato da un incannucciato e da vasi di piante rigogliose. Due tende a strisce bianche e gialle coprivano la porta d'ingresso. Seduta contro il muro c'era una bella donna, capelli lunghi, abito corto e seno prosperoso. Si pettinava. Non lontano da lei, un'altra. Non si erano accorte di me e parlavano, i volti stanchi. Non un sorriso. Quando avevano capito di essere osservate, lo sguardo era diventato duro, una si era alzata ed era rientrata in casa. L'altra era rimasta a guardarmi. Vatinne (vattene), dicevano quegli occhi. Avevo ubbidito.

Continuando, la strada si stringeva ancora di più. Era tutto un intreccio di viuzze e scale. Le mura raccontavano la storia di Palermo. Le une accanto agli altri, case ed edifici pubblici – perlopiù chiese, caserme, scuole o conventi –, tutti costruiti tra Cinque e Settecento, formavano una muraglia compatta in cui si riconoscevano dalle finestre, dalle decorazioni e dalla pietra usata. I balconi delle case erano stretti e lunghi; spesso a un'estremità c'era una grasta di pomelia, il fiore di Palermo, all'altra una di prezzemolo.

Infilato "a entra ed esci", come una tessitura attorno alle ringhiere di ferro nero, c'era un telone a strisce bianche e blu, a una quindicina di centimetri dal pavimento. Il suo scopo è proteggere le gambe delle donne dalla vista dei passanti, ma non totalmente. Lo spazio tra pavimento e telone è sufficiente per far vedere al passante il piede ben modellato, la caviglia, forse qualcosa del polpaccio. Sapendolo, chi passa alza lo sguardo. La considero una variante delle "mutande" dei balconi di Palermo. Dà un senso del passato e di pudore, gioia di vivere e sensualità. Su quei balconi, non una grasta di fiori o di erbe aromatiche, e nemmeno la pomelia. Alle pareti, appesi a ganci, pentole e arnesi. Dalle finestre non sembrava che in quel momento ci fosse vita all'interno.

La "lavata" dei palermitani è sempre abbondante e visibile: per stendere, i poveri hanno solo i ferri attaccati ai balconi, o più spesso quelli che vanno da un muro all'altro dei vicoli e che diventano quasi decorazioni ad arco. Il palermitano non si vergogna di stendere la sua roba, purché sia pulita: mutande, calze, sottovesti, panni, pantaloni, lenzuola, ma mai reggiseni. Quelli si lavano e si tengono in casa. Sui balconi c'è tanta vita, sono un'estensione delle stanzette buie in cui vivono famiglie intere.

Il vecchio popolano di Palermo ha una divisa estiva: pantaloni lunghi, tappine ai piedi e canottiera, sta seduto con gli occhi stanchi sul passìo. La vecchia ha sempre qualcosa da fare tra le mani – sgusciare piselli, piegare la roba asciutta, rammendare se vede ancora. Anche lei indugia con lo sguardo sulla strada, ma non a lungo.

Adesso che anche Palermo è una città con pochi bambini, al balcone se ne vedono di rado. I più piccoli quasi sempre erano nudi, d'estate. Gli altri, in canottiera e pantaloncini. Fin dalla nascita, la differenza tra i due sessi era evidente: la levatrice bucava le orecchie a tutte le bambine. Si vedevano spesso gruppi di maschietti e gruppi di femminucce, gli uni e le altre già compresi nel loro ruolo da adulto.

La sera avevo provato a tornare nel cortile da cui mi ero sentita cacciata, ma poi avevo rinunciato. C'erano luci alle finestre: da lontano avevo visto uomini appostati davanti alle case delle prostitute, come se montassero la guardia. Mi avevano dato una mala taliata, io avevo capito e me n'ero andata.

Sono tornata, poi, ma di giorno: era esattamente come prima. Le donne davanti alla tenda questa volta mi hanno guardato come se mi conoscessero, lo sguardo vagava lento su di me, sempre ostile. Poi, due scalini e sono finita in un viottolo – non ci sarebbe passata neanche una Lapa, ovvero una MotoApe. Sulla destra tante porte in fila, tutte protette da una tenda sollevata e appoggiata alla spalliera di una sedia. A ogni porta, una donna. Prostitute in attesa. Di fronte a loro si ergeva il muro di un edificio religioso, un oratorio forse, senza finestre. Ho proseguito lungo la fila di porte. Le donne non mi guardavano, eppure mi sentivo osservata. Man mano che mi avvicinavo, gli sguardi si volgevano altrove, però mi sentivo seguita da quelli delle porte che avevo superato. Ho affrettato il passo.

«Tutti palermitani siamo»

Una ventina d'anni fa, fui invitata a un congresso in Siria, ad Aleppo. Ne approfittai per girare anche il Libano, da sola – il modo migliore per conoscere un paese e se stessi.

Beirut mi deluse e mi intristì. In centro le donne erano molto belle ed eleganti, dai lineamenti perfetti. Tutti identici. Dopo innumerevoli gaffe – «Siete sorelle? Vi assomigliate così tanto!», «Ha una bellissima figlia!» –, capii che era meglio stare zitta. La direttrice dell'albergo, che mi dava consigli per scoprire la città, mi spiegò che già dopo i venticinque anni le signore abbienti andavano in Brasile, dove squadre di chirurghi plastici libanesi rifacevano velocemente naso, labbra, zigomi, mento... Tutti uguali, benché a caro prezzo.

Decisi poi di andare a Biblo – la città più antica del mondo, diceva la guida –, dove dalle foglie di papiro erano stati ricavati i primi libri. Era piccola a paragone di Beirut, con un porto scavato nella roccia che si specchiava nel mare azzurro e trasparente, e i pescatori seduti a rammendare le reti come i marinai della Cala di Palermo – stessi lineamenti, stessi gesti solenni.

Indossavo abiti e sandali comprati al mercato locale. Se non aprivo bocca venivo scambiata per una libanese, cioè mi ignoravano. Nel bazar, frutta, verdure e semenze erano esposte con cura, non diversamente da come avevo visto al mercato del Capo; e i secchi d'acqua scrosciante rovesciati per tenere fresco il pesce sulle balate di marmo, le composizioni artistiche di pesciolini disposti a fiore, le montagne di calamari con i tentacoli a imitare i raggi di un sole marrone... era un déjà vu, la sensazione di essere tornata a casa.

Il cibo nei ristoranti era leggermente diverso da quello siciliano – molto hummus di ceci e molto yogurt –, ma il pane arabo farcito di pasta di ceci fritta e condita con uno spruzzo generoso di limone era piuttosto simile al nostro pane e panelle.

Mentre mangiavo, leggevo la guida.

Ottocento anni prima della nascita di Cristo, gente di Biblo era andata a stabilirsi di fronte a Cartagine, in Sicilia, dove avevano fondato tre città: Mozia, Solunto e Palermo. Adesso, mentre addentavo con orgoglio il mio pane e panelle libanese, cugino di sangue del nostro, capivo il déjà vu e la sensazione di familiarità.

Rimasi fino a tardi seduta al tavolino del bar, guardando la vita che ferveva nel porto. Mi sentivo a mio agio, a casa – una sensazione dolce e insolita, che mi teneva incollata alla sedia. Quando il sole tramontò in un cielo amaranto, mi resi conto che – come a Palermo – in giro erano rimasti soltanto gli uomini sulla banchina. Gli occhi scuri erano puntati su di me, inquisitivi. Come sarebbe successo a Palermo. Mi affrettai a rientrare in albergo.

C'è tanto di levantino nel palermitano: l'orgoglio, la curiosità, la gentilezza verso una donna che viaggia sola, la coscienza di essere un popolo "antico" e un certo languore.

Non c'è nulla di fenicio a Palermo, pensavo. Invece no. Mi tornò in mente Dolfo, un amico che non c'è più, con cui andavo in giro per la città ogni volta che vi facevo ritorno. Il ricordo di lui che mi mostrava le mura fenicie di corso Alberto Amedeo era vivido. Nella parte bassa, le mura richiamavano quelle di Biblo; nella parte alta, portavano i segni delle dominazioni successive (come succede dappertutto a Palermo): nei secoli, le mura fenicie erano state infatti rinforzate, prolungate, rattoppate da cartaginesi, romani, vandali, ostrogoti, arabi, normanni, angioini, aragonesi, austriaci e spagnoli.

La Sicilia è forse l'isola del Mediterraneo più ricca di etnie, a partire proprio da quella fenicia. Adesso ne sono arrivate alcune mai venute prima in Sicilia – gli africani del sub-Sahara e gli orientali.

I primi neri che ho visto in vita mia erano due marinai della portaerei americana *Forrester*, nei primi anni sessanta. Li scrutai, dalla testa ai piedi, e mi sembrò che avessero il palmo delle mani bianco. La curiosità mi rendeva impavida e cercai di guardargli le mani, ma forse loro se n'erano accorti e le tenevano in tasca. Mi fermai a comprare un cono e così fecero anche i due ragazzi: riuscirono a comunicare col gelataio (io non parlavo inglese) e quando aprirono la mano per prendere il cono vidi che ambedue avevano il palmo bianco come il mio. Da allora mi sono sentita totalmente sorella delle persone dalla pelle nera, perché veniamo tutti da una stessa matrice.

La Palermo di oggi ospita gente da tutto il mondo e di tutte le religioni. Anche se ormai il razzismo è fenomeno europeo, mi ostino a pensare che a Palermo non esista: siamo troppo abituati alla diversità e abbiamo imparato a tollerare e a essere tollerati. Me lo hanno insegnato dei ragazzini davanti alla chiesa dell'Immacolata Concezione, al Capo.

Ero con un amico milanese e passavamo dinanzi alla facciata liberty di un caffè-ristorante. Il portone chiuso, l'intonaco a pezzi, i piani superiori vuoti, la scritta LAVORI IN CORSO erano uno schiaffo al buon senso e all'intelligenza del palermitano. Una scala saliva dalla strada a una terrazza-sagrato con due sedili di pietra, separati e paralleli. Uno era occupato da ragazzini palermitani, l'altro da ragazzini somali o etiopi. A fare da quinta, la chiesa seicentesca che volevamo visitare. Guardavamo il portale, seguivamo il passìo, cercavamo insomma di assorbire l'atmosfera di Palermo. Chiesi ai ragazzini se la chiesa fosse aperta. «Ancora no» rispose uno dei siciliani, «aspettiamo che si apre.» E poi con orgoglio: «È la nostra chiesa!». Mi spiegò che facevano parte di un gruppo che si occupava della manutenzione. «La terza domenica di maggio» disse «viene portato il fercolo in processione, partecipa tutto il quartiere.» Parlava come un adulto, eppure non doveva avere più di nove anni. I suoi compagni descrivevano fieri ciascuno il proprio compito. Chiesi a che scuola andassero. «Quella qui dietro» risposero in coro.

«Anche noi ci andiamo» precisarono i ragazzini africani dalla loro panchina; curiosa, domandai perché fossero seduti lì: cosa aspettavano? Come se non avessero atteso che quella domanda, mi dissero di essere musulmani e che una chiesa poco più in là – facciata grezza, porta piccola e priva di simboli religiosi, non l'avevo nemmeno notata – era diventata moschea.

«E voi ci andate?»

«Sì» risposero, «ci andiamo nella nostra moschea.»

Gli altri bambini avevano seguito la conversazione silenziosi e interessati, da padroni di casa. Il più vecchio sembrava il capo. «Sì» confermò, «è la loro moschea.» E poi, con un sorriso smagliante: «Questo» disse indicando uno mingherlino, «è Omar, siamo compagni di classe».

Omar annuì vigorosamente. «Totò è compagno mio di classe da due anni!»

«Lui e i suoi amici sono bravi cristiani» fu il commento magnanimo di Totò.

Poi, notando che alla parola "cristiani" avevo inarcato le sopracciglia, si corresse: «Insomma, sono picciotti buoni... tutti palermitani siamo!».

I palermitani sono così: accettano i diversi al punto da dimenticare che non sono come loro. Anche se da adulti l'integrazione è più complessa. Ognuno ha tanto bagaglio sulle spalle, da condividere o da accettare.

L'offesa peggiore

Ballarò, dietro Casa Professa, è la Palermo che sento più mia perché ci andavo ogni sabato e una o due volte alla settimana quando facevo le visite ai poveri su consiglio del mio padre spirituale, padre Aiello. È sempre stata una zona di prostituzione e contrabbando, ma a me era sempre sembrata tranquilla: da ragazza ero conosciuta come una di Casa Professa, e dunque ben accetta.

Le ultime volte che ci sono stata mi è sembrato che Ballarò abbia perduto la sua anima antica, un'anima dura, di lavoro, contrabbando, traffici più o meno illegali, ma così netta nella sua identità da diventare tollerante verso chi non disturba.

A fine pomeriggio, quando il mercato sta per chiudere, Ballarò si trasforma in un campo di battaglia. Bande rivali, quasi dello stesso peso e potere, marcano il territorio e le rispettive competenze, scorrazzando sulle loro motociclette – i "motori", come li chiamano qui. Sfrecciano nei vicoli e attraversano le piazze sfiorando le bancarelle, fanno più rumore che possono, si fermano all'improvviso e all'improvviso ripartono, facendo stridere le gomme sul selciato, l'occhio duro e l'espressione feroce dei contrabbandieri e dei lestofanti. Quando passai con il mio amico milanese ci guardarono storto: non capivano chi fossimo. Temetti che ci facessero del male, o persino che potessero farci scomparire. Poi capii di aver esagerato. Semplicemente, li avevamo ignorati, e questa è sempre l'offesa peggiore che si possa fare ai ras del quartiere.

Stavamo per entrare nella chiesa del Carmine. La sagrestana, pallida e robusta, ci si parò davanti e avvertì che stava per chiudere. Proprio in quel momento, una persona a lei nota salì la scalinata ed entrò dritta dritta. Bastò una taliata diretta, severa: si fece da parte con un sospiro.

Seguimmo l'ultima arrivata, che dal chiostro si dirigeva con passo sicuro verso la sagrestia. La sagrestana, che non ci aveva perso di vista, ci ammonì: non si poteva entrare, era privato. «Lei sì e io no?» domandai, e la donna nel sentire l'accento palermitano si sciolse. Conoscevo il chiostro ma non la sagrestia. C'era uno stendardo da processione, e lei mi mostrò il ricamo, orgogliosa. Ma non era lo stendardo che mi interessava, era il busto di un Cristo nudo e femmineo, di una sensualità straordinaria. Era lì che si vestivano gli officianti.

Splendore segreto

Palermo è come una tunica, tutta pieghe, e per conoscerla bisogna penetrare in quelle pieghe, consapevoli che spesso vi si celano tesori insospettati. Cosa sarebbe Palermo senza lo splendore segreto dell'opera di Giacomo Serpotta? Siamo di fronte a un grande artigiano che ha lasciato dietro di sé la forza e la dolcezza di un mondo di figure che "parlano" la lingua del suo tempo ma che si aprono, sensuali e struggenti, all'universalità.

Giacomo Serpotta nacque a Palermo il 10 marzo 1656. Era il secolo di maggior fulgore della città e un periodo di lusso e decadenza nell'alta società. I nobili feudatari erano stati costretti dalla linea politica del sovrano spagnolo a vivere nella capitale, lasciando le loro terre; ma a Palermo furono relegati a un ruolo parassitario che permetteva al viceré un più facile controllo. Pochi erano in contatto con il mondo culturale italiano ed europeo, ma non se ne curavano: la Sicilia attraversava un periodo di ricchezza e il viceré e la sua corte avevano dato entusiasmo e dignità alla nobiltà locale. Palermo era tutta un fervore di cantieri. Oltre ai palazzi gentilizi e alle chiese, si costruivano oratori creati dalle confraternite di nobili e commercianti. I palazzi medievali ricevevano una facciata barocca, e così anche le chiese. L'arte dello stuccatore era molto richiesta e le famiglie di stuccatori palermitani divennero famose e lavorarono in tutta l'isola.

Giacomo Serpotta aveva alle spalle tre generazioni di scultori e stuccatori. Rimase orfano di padre – morto accoltellato – a dodici anni. La madre dovette vendere i suoi preziosi disegni di artisti italiani e stranieri, ai tempi il solo modo per apprendere e tenersi in contatto con il mondo dell'arte del Continente. Giacomo li aveva studiati con avidità. Col tempo, anche lui mise insieme una collezione analoga, a cui attingeva spesso. Era passionale e precoce; poco dopo la pubertà ebbe l'unico figlio, Procopio, nato da una donna con cui ebbe una storia d'amore finita male, e che non volle sposare – la sola di cui si ha notizia. A tutti gli effetti, poi, visse da scapolo. Lasciò a Procopio i suoi beni, da dividere con Teresa, l'amatissima sorella minore. La sua vita fu totalmente dedicata all'arte. Si dice che avesse lasciato la Sicilia per conoscere le opere del Bernini, ma non ce n'è nessuna prova. È possibile che abbia visto dei disegni, e questo basta.

Il lavoro dello stuccatore era complesso. La statua o il fregio venivano preparati in creta, poi coperti da un impasto di calce, polvere di marmo e altre sostanze tenute segrete da ciascuna famiglia – nel caso dei Serpotta, l'ingrediente segreto era il gesso.

L'impasto si asciugava in fretta, e dunque bisognava modellare e poi lucidare rapidamente. Su quel candore, su quella dolce lucentezza, Giacomo a volte applicava un grigio delicato che enfatizzava le pieghe degli abiti.

Giacomo era fiero del suo lavoro, orgoglioso che fosse un mestiere e non un'arte. La chiesa di Sant'Agostino, l'oratorio di San Lorenzo e l'oratorio di Santa Cita sono le sue opere palermitane a me più care. Nelle sue figure – quasi tutte femminili – vedo un misto di ardente misticismo e di solida e vigorosa composizione. Giacomo era costretto a limitarsi alle opere religiose e agli stucchi. Riusciva però, nell'ambito della committenza, a produrre "sculture" vere e proprie, in stucco. Alcune delle sue statue sono tra le più belle che abbia mai visto.

Nella chiesa di Sant'Agostino, abbellita da numerose statue di monache, Giacomo ha lasciato una *serpuzza* (una lucertola) sul piedistallo della beata Limbania – la sua firma. A differenza delle altre statue della navata, Limbania non sembra danzare leggiadra alla musica celeste. Gli occhi socchiusi, è rapita dalla musica, è una donna carnale. Le gambe sono leggermente aperte, il velo che dalla testa scivola sul ventre si piega e cade dietro il fianco. La gamba sinistra palpita, la tonaca la accarezza e forma una piega voluminosa sul basso ventre, a triangolo, che scende tra le gambe. Limbania freme.

Giacomo Serpotta è considerato l'inventore dei "teatrini", che ricavava in nicchie rettangolari poco profonde. Quelli dell'oratorio di Santa Cita sono spettacolari. Con sapiente regia, Serpotta vi ha creato meravigliose scenografie di vite dei santi, storie bibliche e perfino della vittoria di Lepanto, e inserisce in quel mondo ridotto minuscole figurine perfette nei minimi dettagli. Splendida è la scena di due ragazzini nell'oratorio di Santa Cita, sotto il teatrino della battaglia di Lepanto. Sono tristi e sembrano poveri. Orfani o troppo giovani per andare in guerra, ne sono dispiaciuti, avrebbero voluto partecipare alla battaglia. Oppure semplicemente stanno lì per bellezza, per offrire una presenza dell'adolescenza maschile.

Le opere più note di Serpotta sono i putti, che sono stati paragonati ai bambini del popolo di Palermo. In verità quei putti bianchi, lucidi e in carne, sono ben diversi dai picciriddi affamati dei quartieri popolari della Palermo di allora, e fino al secolo scorso. Francamente, mi sembrano le opere meno significative. Tondi e sorridenti, questi grassi nanerottoli non hanno nulla di originale. In alcune composizioni, tuttavia, i putti hanno una funzione artistica, oltre che decorativa. Serpotta sa dare un messaggio più profondo. Nell'oratorio di San Lorenzo la bellissima statua della Carità dal drappo rosso – una donna dai seni nudi e turgidi che allatta un bambino – ha ai suoi piedi due putti non più infanti, vestiti di tutto punto; uno in particolare sembra voler aggrapparsi a lei e nascondersi sotto la sua veste, impaziente – una fretta quasi sensuale.

Le decorazioni murarie di Serpotta sono anch'esse meravigliose. Ricche di fiori, fronde, cornucopie, nastri, cornici, e candide, sono esaltate da tocchi di oro zecchino. Tutte le sue composizioni, nel loro insieme, sono il frutto di un lavoro matematico, complesso e mai stucchevole come il rococò.

Serpotta è stato apprezzato soltanto a Palermo e nella sua provincia. È diventato noto al di fuori della Sicilia grazie al lavoro e all'entusiasmo, non di un siciliano, non di un italiano, ma di un americano, Donald Garstang (1946-

2007), che lo ha fatto conoscere al mondo. Garstang, cittadino onorario di Palermo, ha voluto che le sue ceneri fossero inumate nel cortile dell'oratorio di San Lorenzo. Grazie a lui, adesso la Sicilia ha due artisti di fama nazionale e internazionale: Antonello da Messina e Giacomo Serpotta. Ma Serpotta era modesto, e forse sarebbe indifferente a un riconoscimento mondiale.

Nelle chiese di Alcamo, le opere più mature mostrano un Serpotta diverso. Mi chiedo se quest'uomo, che sembra sposato alla sua arte, abbia voluto celare la sua vera natura alla città in cui viveva e si sia rivelato in modo più fantasioso lontano da essa: le statue di Alcamo hanno maggior movimento rispetto a quelle palermitane; sembrano più sensuali e pensate.

Nella chiesa dei Santi Cosma e Damiano la statua candida della Carità è tutta vestita, con un bambino in braccio. Bellissima e solida, è ben diversa dalla Carità dell'oratorio di San Lorenzo di Palermo. La statua della Giustizia, nella stessa chiesa, mi ha fatto pensare: è tutta in movimento, la gonna a pieghe stretta in vita, il braccio sollevato, la spada sguainata sul capo. Vedo animazione e passione in quell'immagine, nuova anche rispetto a quelle presenti nel suo lavoro palermitano.

Tutto il resto in quella chiesa è un inno alla vita feconda e alla sensualità: dalle decorazioni di fiori e frutta alle figurine delle colonne barocche che salgono nel cielo, alle statue delle virtù e delle sante.

Forse Serpotta – figlio mezzano e più dotato nell'arte del padre, orfano impoverito e capo della bottega di famiglia, artista di successo diventato benestante grazie alle committenze religiose – sotto sotto era un rivoluzionario sociale, un pensatore radicale, un palermitano che cercava di esprimere la sua carnalità lontano dai confini della sua città e dagli ambienti da cui dipendeva il suo successo.

L'Albergo Orientale

Sono nata in via Manzoni, non lontano dalla piazza della stazione, con la chiesa di Sant'Antonio dove fui battezzata. Un bellissimo palazzo barocco dalla facciata novecentesca mi ha sempre attratto per l'insegna – ALBERGO ORIENTALE – sul portone monumentale, adesso chiuso. Ci vorrei andare, me lo dico ogni volta che ci passo davanti.

Adesso c'è un ragazzo che sta entrando, mi fa passare. L'insegna dell'albergo non c'è più e il cortile un tempo pieno di auto è vuoto, a eccezione di quella che sembra una macchina e invece è un'opera d'arte: lo scheletro di un'automobile coperto da stracci e tele. Arte moderna, penso. Mi avvicino, e invece no, non è arte moderna, le tele nascondono una vera automobile.

Il ragazzo spiega che i proprietari stanno ristrutturando il palazzo. Un fruscio. Entra una donna, chiaramente palermitana, poco più giovane di me, gonna lunga e camicetta di pizzo. Spinge un carrello. Ci squadra e poi ci ignora. Si avvicina alla macchina e solleva con attenzione le pezze davanti alla portiera dietro il posto del guidatore. L'interno dell'automobile è diventato armadio: scatole impilate come cassetti, roba che rigurgita da tutte le parti. Dai sacchetti di plastica che riempiono il carrello la donna tira fuori altre pezze, pentole, scatolette. Stipa tutto, spingendo e schiacciando. È evidente che non gradisce la nostra presenza e la mia curiosità. Quando ha riempito tutto lo spazio chiude con forza la portiera e la ricopre accuratamente. Poi apre il bagagliaio e vi infila il carrello. Fa per andare, ma prima si ferma a una colonna a cui è legato un grosso cane addormentato. Lo slega, il cane muove piano la coda ed escono insieme.

«Chi è?» chiedo al ragazzo.

«È una di Palermo, sta qui» risponde lui, e indica l'automobile. Soltanto allora mi accorgo che ha le ruote sgonfie.

Ecco, questa è Palermo: una città che ha troppa storia

alle spalle e che tutto tollera. Una città che non si sorprende di niente.

Da grande

Quando ero ragazzina, non sapevo bene cosa avrei fatto "da grande". Papà riteneva che il mondo fosse sovrappopolato, e che il matrimonio non servisse. Mamma invece parlava spesso del futuro con frasi come: «Quando sarai madre», «Se avrai dei bambini». Tutte le mie cugine erano certe di sposarsi.

Il lavoro non era in discussione. Per mia madre una donna doveva dare la precedenza ai figli, ma per mio padre il lavoro non era una questione secondaria. «Devi lavorare» affermava perentorio. Strano consiglio, visto che nessuno dei nostri parenti stretti lavorava. Erano proprietari terrieri e vivevano di rendita. Alcuni si erano indebitati e avevano perso le proprietà. Nemmeno questi lavoravano: li aiutavano i parenti, e loro sembravano accettarlo senza imbarazzo. Ricordo che certe parole lette nei romanzi come "le ferie", "il congedo", "la pensione", "le feste comandate" avevano un significato inafferrabile.

Dei rapporti con i maschi non si parlava: era chiaro che sarei rimasta vergine se avessi seguito i piani di mio padre, o che mi sarei sposata vergine, secondo le speranze di mia madre. Avrei potuto esigere che un eventuale marito fosse vergine come me? Pensavo che sarebbe stato impossibile sposarlo, mio padre non lo avrebbe approvato. Nel frattempo preferivo studiare e dimenticare queste questioni profonde e irrisolvibili. Però mi rendevo conto di essere nata in una famiglia complessa e particolare. I padri delle mie compagne di scuola lavoravano, talvolta lavoravano persino le madri.

A quindici anni e mezzo cominciai a interessarmi di politica e decisi di iscrivermi al Partito socialdemocratico italiano, il cui leader aveva un nome molto esotico: Saragat. Mio padre, costernato, mi prese da parte. Perché volevo entrare nel mondo della politica, sporco e pieno di ladri? Ascoltò le mie considerazioni: bisognava creare un mondo equo e giusto per ricchi e poveri; non intendevo dedicarmi all'agricoltura, ma volevo diventare avvocato.

Non mi contraddisse, né mi rimproverò. «Almeno aspetta fino ai sedici anni, allora potrai prendere le tue decisioni» disse con un sospiro.

Padre Aiello

Giovanna Garofalo, mia compagna di banco al ginnasio, mi invitò un sabato pomeriggio a Casa Professa, dove si sarebbe parlato di libri.

«Con chi?» domandai.

«Padre Aiello ha organizzato un gruppo di lettura per ragazze. Dura soltanto un'ora, scegliamo un libro e poi lo commentiamo.»

Andavo a messa con mamma e facevo la comunione, ma sulla religione non avevo le idee chiare. Il catechismo mi era stato impartito da padre Parisi, il prete di Agrigento che veniva a celebrare la messa a Mosè. Alto, magro e gentilissimo, sembrava un po' stupido, o forse ero sin da allora refrattaria a qualsiasi dottrina. Il fatto è che la religione entrava poco in casa nostra. Papà non andava mai in chiesa e le domeniche d'inverno, spesso e volentieri, mamma preferiva rimanere in casa. Si autoassolveva dicendo: «Il Signore lo sa che gli voglio bene». Della mia cresima ricordo poco, oltre allo schiaffetto di monsignor Peruzzi, il vescovo di Agrigento, e al mio orgoglio di avere come madrina Maria, la mia cugina maggiore e adorata.

Padre Aiello è morto ormai da molti anni, ma resta uno

degli uomini più importanti della mia vita. Attraverso di lui ho conosciuto Palermo.

Già andare a Casa Professa, nel quartiere dell'Albergheria, era un'avventura. Prendevo l'autobus e lì c'erano uomini che "toccavano". Padre Aiello ci consigliò di appuntare uno spillone sul risvolto della giacca, così se l'autobus era affollatissimo e non potevamo scostarci... «prendete lo spillone e glielo conficcate nella carne». Non ebbi mai occasione di usarlo, ma con la mia arma mi sentivo protetta.

Si parlava poco di religione, nel nostro gruppo di lettura. Alla fine lui sceglieva una di noi e facevamo quattro passi nel chiostro conversando. Altre volte andavamo tutti in chiesa per la confessione individuale. È stato padre Aiello a farmi conoscere l'animo e le sofferenze della vera Palermo, quella dell'Albergheria, e la difficoltà di convivere con mafia e politica. I nostri colloqui, nel confessionale o faccia a faccia, erano una lezione di vita, di compassione e di grande bontà.

Si diceva che padre Aiello, potentissimo non soltanto all'interno della Chiesa ma anche nella società palermitana, amasse organizzare matrimoni tra giovani cristiani che avrebbero potuto portare avanti nella Palermo corrotta degli anni sessanta il sano cattolicesimo in cui lui credeva. Quando a diciott'anni gli dissi che volevo sposare un inglese, anche lui come i miei genitori ci rimase male. Ma non cercò di dissuadermi. Fu lui a celebrare le nozze e mantenemmo i contatti fino alla sua morte.

Non batté ciglio nemmeno di fronte alla notizia che mio marito e io non volevamo battezzare i figli. «Saprete allevarli bene lo stesso» fu il suo commento.

Durante una mia visita a Palermo, padre Aiello – a cui era stato riferito che pensavo di separarmi – mi mandò a chiamare. Era malato, aveva avuto un ictus ed era nell'infermeria di Casa Professa. Biascicava un po', ma lo sguardo era sempre lo stesso, acuto, perciante, intelligentissimo. «Figlia mia, che cosa è successo?»

Glielo spiegai. Lui ascoltava attento. Poi, il mento appoggiato sulla mano, disse: «Capisco, hai fatto bene. Sei graziosa» aggiunse, «e se dimagrisci, ancora meglio. Trovati un altro, ma non sposarlo».

Che uomo! Non ero pronta a quel consiglio. «Padre, ma che dice? Mi consiglia l'adulterio?»

La risposta fu veloce: «Oggigiorno, questa parola non si usa più. Basta che proteggi i figli e non ti metti nessuno in casa: avere qualcuno che ti rallegri e ti tenga compagnia non è una brutta cosa».

Padre Aiello morì qualche settimana dopo, ma come tutti i miei morti vive nel mio pensiero e a volte abbiamo conversazioni immaginarie che a me fanno molto bene.

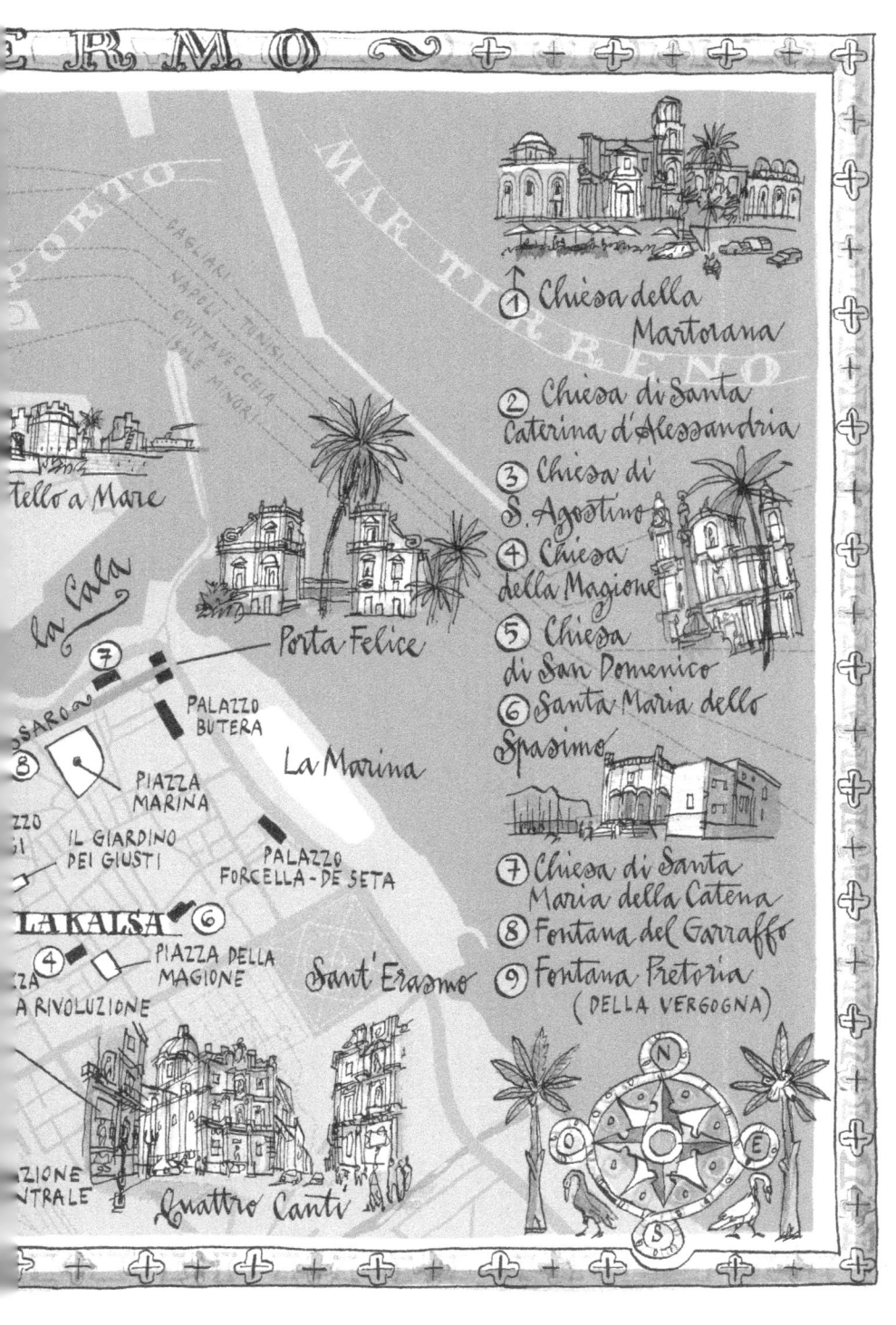

Il canto delle sirene

Una mattina, all'alba, con i miei fratelli Nino e Guido uscimmo in mare aperto per pescare. Avevamo da poco calato le lenze quando ci accorgemmo che un banco di pesci girava attorno alla barca.

Sembravano pisci ancileddi, pesci volanti, ma guardandoli bene ci accorgemmo che erano sirene. Si vedevano le pinne, se ne vedevano i seni, se ne udiva il canto.

E così pensai: allura è veru ca 'nto mari di Sicilia ci sunnu i sireni!

Quell'immagine ha continuato a tornare, come un sogno, come un desiderio, come una carezza di affetti e pensieri. Morbide sirene, sirene verdi, cilestrine, belle come quelle che volle vedere Ulisse, legato al palo della nave, perché la bellezza – che sia canto o fimmina, o canto di fimmine – può perderti. Ma dai miei primi anni le sirene hanno finito per annunciarmi la città, hanno mescolato il mare e la terra, e non smettono di sorridermi, e di essere la visione che mi fa entrare nella mia Palermo. Magia. Incanto. Miracolo.

La banchina degli americani

Prima di arrivare al Molo Nord, dove un tempo attraccavano le navi che avevano bisogno di riparazioni, sul finire della scogliera, c'era una spiaggetta dove si andava da ragazzini. Dalla banchina ci si poteva tuffare: era il posto giusto per imparare a fare i tuffi con capovolta all'indietro, in avanti, con salto e doppio salto, addestrati e consigliati dai più grandi. Anche qui l'acqua era cristallina. Ci andavo con mio zio Piero, il maggiore dei fratelli di mia madre.

Di tanto in tanto arrivava a Palermo una portaerei americana e si ancorava alla fonda. Era immensa, una presenza cupa, non fosse stato per quello che, di fatto, prometteva. Con mio zio, che aveva sistemato una rete a sacco nella camera d'aria di un camion, nuotavamo fino a una fiancata della nave. Io mi aggrappavo alla camera d'aria, che era come un salvagente, e dopo esserci avvicinati il più possibile lo zio gridava: «Ehi, Johnny!», e faceva un gesto inequivocabile con la mano. I marinai allora, attraverso un portellone, gettavano in acqua tubetti di estratto di pomodoro, lattine di pelati, carne, fagioli, frutta, persino di pasta precotta, che noi ancora non conoscevamo e che eravamo svelti a infilare nella rete. Cibo in abbondanza, raccolto anche da altri che – come noi – avevano trovato un modo per accostarsi alla nave. Quando tornavamo a casa con quel bottino, era una festa.

Spesso ci fermavamo a nuotare fino al tramonto per vedere i militari in libera uscita avvicinarsi con le scialuppe. L'attesa era ricompensata da tavolette di cioccolato per i più piccoli e sigarette per gli adulti. Se eravamo ancora in acqua, quando si avvicinavano al molo li chiamavamo: «Ehi, Johnny... how much?», e sfregavamo indice e pollice. Qualcuno di loro, divertito, prendeva dalla tasca una manciata di monete che lanciava in aria. Prima che toccassero il fondo, ci immergevamo e le acchiappavamo. Poi andavamo a cambiarle a piazza Borsa, non in banca ma dagli abusivi che riempivano la piazza e giravano tra la gente dicendo «dollari, dollari».

Alla ricerca delle Señoritas

Quando i soldati scendevano dalle scialuppe, trovavano ad attenderli le carrozze. Gli piaceva molto bere, per cui gli gnuri (i cocchieri) li conducevano in giro per taverne: qui, tra uova sode, pezzi di caciocavallo, olive e polpette di sarde, bevevano come spugne. «Drink wine, drink wine» era la comanda più frequente, che i palermitani traducevano con un musicale «Trigni-guagni».

Alcuni marinai chiedevano: «Señoritas? Fick, fick?».

Noi allora li accompagnavamo in un posto chiamato Macello, dove c'erano le prostitute più disgraziate di Palermo. Non volevamo sostituirci ai ruffiani, ai magnaccia, che li avrebbero accompagnati in via dei Candelai o in via Lungarini – dove c'erano bordelli organizzati che avrebbero continuato a funzionare anche dopo la famosa legge Merlin –, oppure in vicolo Marotta e in vicolo Ragusi, dove accanto al teatro di mio padre c'era il famoso Settequarti, ovvero sette quartini in quattro piani: ogni prostituta occupava un quarto di appartamento, di conseguenza sette prostitute potevano ricevere indipendentemente e contemporaneamente. Capitava spesso che qualche cliente entrasse per sbaglio dentro il nostro teatro, e allora chi stava al botteghino esclamava: «'U tiatru chi circati è cchiù avanti!» (Il teatro che cercate è più avanti).

Il Macello si trovava vicino al ponte dell'Ammiraglio e costeggiava il fiume Oreto. Una decina di catapecchie, realizzate in parte con vecchi tufi, in parte in legno, con i soffitti di lamiera e cartone, erano i luoghi dell'amore. Per richiamare l'attenzione, la prostituta si posizionava davanti alla propria baracca, accanto a un fuocherello alimentato dentro fusti vuoti di olio o di nafta. All'interno c'erano una bacinella piena d'acqua e, su una rete sgangherata, un materasso. Per i palermitani, i nomi di queste donne erano leggendari. C'era Nicoletta, alta alta e bionda, che da giovane era stata bellissima: tanto, si diceva da far sollevare le balate (basole) sulle quali camminava. Poi, non molto alta ma con un seno generoso e una bella capigliatura, c'era Mummina – a cui bisognava stare attenti «pirchì 'mmiscava i chiattiddi», ovvero immischiava le piattole –, e poi Isabella, detta a Trimmutura, perché era sciancata e si appoggiava a un bastone. Talvolta ci regalavano degli spiccioli, con cui andavamo a vedere un film al Vittorio Emanuele, al Bomboniera, al Biondo, oppure ci compravamo qualche iris vicino al cinema Finocchiaro.

Davanti all'uscio delle Señoritas, le prostitute più vecchie regolavano il viavai, e ogni tanto litigavano contendendosi i clienti; capitava di sentir pronunciare frasi del tipo: «Allura è vero ca cavaddi di cursa e buttane, quannu su vecchi si morinu di fame» (Allora è vero che cavalli da corsa e puttane quando sono vecchi muoiono di fame).

E fu così che scoppiò una bomba

Con mio zio Piero andavo spesso a Sant'Erasmo, il porticciolo vicino all'istituto di padre Messina, per comprare il pesce fresco che le barche locali scaricavano ogni mattina – e qualche volta anche nel tardo pomeriggio – sulla spiaggia, pulitissima.

Mio zio, che era un bravo pasticciere, non sapeva stare con le mani in mano e quando aveva il giorno libero si inventava qualcosa per racimolare un po' di denaro. Una domenica, insieme ad altri amici, mi portò in un luogo che i palermitani chiamavano "u Scaricaturi" (da cui deriva il detto "va' iettati 'o Scaricaturi", che si rivolge come un insulto a chi si ritiene non possieda alcuna qualità o a chi si comporta in modo disdicevole).

Carrettieri, camionisti, autisti di furgoni con il cassone ribaltabile venivano qui a scaricare ogni sorta di detriti che raccoglievano tra le macerie dei palazzi bombardati durante la Seconda guerra mondiale. In quegli anni la cultura del restauro e della ricostruzione era inesistente: dominava la cementificazione selvaggia, diffusa a danno delle dimore storiche, che venivano abbattute per fare spazio a orrendi condomini in cemento armato. Ricordo, tra tutti, lo scempio di villa Deliella in piazza Crispi, la villa liberty disegnata da Ernesto Basile e abbattuta in tutta fretta la notte tra il 28 e 29 novembre 1959, appena prima che scattasse il vincolo della Soprintendenza per i Beni Culturali.

Lo zio Piero e i suoi amici passarono quella domenica a raccogliere tubi di piombo, pezzi di ottone, ferro, alluminio e altri metalli, che poi vendettero nei depositi di ferri vecchi; visto che li avevo aiutati, ci guadagnai qualche soldo anch'io.

Un paio di settimane dopo, memore di quell'esperienza, insieme ad alcuni miei coetanei muniti di pinze, tenaglie e martelli tornai allo Scaricatore. Ci eravamo fermati sopra una montagnetta di detriti, che ci apprestavamo a differenziare, quando alcuni giovani un po' più grandi di noi si avvicinarono dicendoci perentori che quel luogo apparteneva a loro, perché erano diversi giorni che ci lavoravano. Sebbene avessimo già fatto bottino di maniglie e pomelli, bulloni, rondelle e decori vari, nostro malgrado e senza discutere lasciammo il campo. Poco dopo, da quella montagnetta venne una fortissima esplosione. Volgendo lo sguardo vedemmo polvere, pietre e altri detriti volare in alto, poi silenzio, e subito dopo un grido: «Murìu! Murìu!» (è morto, è morto).

La gente accorse da tutto il vicinato e alcuni adulti ci dissero di andarcene, perché da lì a poco sarebbe arrivata la polizia. Impauriti, e sospinti dal fuggi fuggi generale, obbedimmo, ma portando con noi la cassetta con i metalli che vendemmo in un deposito di ferri vecchi in via Alloro, vicino alla chiesa dei Cocchieri – ne ricavammo l'equivalente di un ingresso al cinema Finocchiaro e di una iris alla ricotta, le nostre unità di misura quando si trattava di quantificare il denaro.

Mesi dopo, quando tornammo allo Scaricatore, incontrammo il giovane che la volta precedente ci aveva intimato di andare via. Ci mostrò il braccio destro privo della mano e raccontò che quel giorno, convinti di aver trovato un tesoro, avevano portato con sé gli arnesi per smontare un grosso blocco che pensavano fosse pieno di rame e che invece era una bomba.

I vagoni del treno entrano in città

Oltre Sant'Erasmo e lo Scaricatore, c'era il poligono del tiro al piccione. Se il piccione avesse potuto parlare avrebbe sicuramente chiesto il motivo di quella morte assurda. Era come assistere alla roulette russa: i più bravi colpivano il bersaglio al primo tentativo, i più non lo beccavano né alla prima né alla seconda prova, e allora il piccione – ignaro della fortuna che gli era capitata – tornava nella gabbia dov'era nato. Ottanta volte su cento, questi signori che si sentivano chissà chi mancavano il bersaglio e per i gestori del tiro al piccione era tanto di guadagnato. Noi ragazzi guardavamo da fuori: quando il piccione rientrava in gabbia si alzava un urlo di gioia, quando ci restava secco intonavamo una specie di nenia funebre: «E su purtaaaru, papun, papun, papun...» (E se lo portarono...).

La piccionaia era sul tetto di una palazzina che ancora oggi si può vedere risalendo da via Messina Marine, prima del ponte sul fiume Oreto, e dove tuttora i piccioni vengono allevati. Ma il pericolo è scampato, perché dopo tante proteste il tiro al piccione è stato sostituito dal tiro al piattello: oggi i piccioni sono destinati a rendere più festosi matrimoni, anniversari e cerimonie di ogni tipo.

Se si prosegue lungo via Messina Marine si giunge alla stazione di Sant'Erasmo, oggi sede dell'Ecomuseo del Mare. Quando ero ragazzo vi transitavano vagoni carichi di approvvigionamenti. Tutto ciò che proveniva dal Nord Italia o da altre località della Sicilia veniva convogliato in quella stazione per essere smistato attraverso una rete ferroviaria. Ricordo di avere visto vagoni arrivare in piazza Rivoluzione a bordo di carrelli su ruote di gomma, e noi ragazzi guardavamo sbalorditi come quando oggi vediamo una nave da crociera attraversare il Canale della Giudecca, a Venezia.

Il mare era di tutti

Poco oltre la stazione c'era la spiaggia più amata dai palermitani. Mondello a quell'epoca era ancora un borgo marinaro frequentato solo dai pescatori e da una piccola élite che usufruiva dell'elegante stabilimento liberty gestito dalla Società Italo-belga.

Questa parte di Palermo era meno popolata e la costa era suddivisa e organizzata in aree, ognuna data in concessione a uno stabilimento balneare: Bagni Virzì, Sperone, Romagnolo, Petrucci, la Madonnina, il Vecchio Pescatore, la

Bandita, Bagni Italia. Con il passare degli anni la zona si è degradata: le abitazioni e gli scarichi abusivi, il proliferare senza controllo di alberghi, ristoranti e negozi hanno trasformato quest'arteria – che rappresenta l'ingresso a Palermo dal Continente – in una periferia trascurata e inospitale, mortificando il rapporto della città con il mare.

Da qualche anno sono nati comitati spontanei per discutere la possibilità di censire gli scarichi fognari e aumentare la sorveglianza contro l'abusivismo, con un progetto di restauro ambientale della costa e il ripristino delle aree intorno al fiume Oreto. Con l'impegno di tutti, forse potremmo rivivere ciò che Goethe annotò durante il suo viaggio in Sicilia nel 1787: "Non saprei descrivere con parole la luminosità vaporosa che fluttuava intorno alle coste quando arrivammo a Palermo in un pomeriggio stupendo. La purezza dei contorni, la soavità dell'insieme, il digradare dei toni, l'armonia del cielo, del mare, della terra... chi li ha visti una volta non li dimentica per tutta la vita". Diceva anche di aver visto saltare le trote salmonate nel fiume Oreto e che Monte Pellegrino era il promontorio più bello del mondo.

In giro per Palermo

Nel 1884 l'architetto Henry Christian, consorte di Carolina Whitaker, fece costruire in stile gotico-veneziano la villa Whitaker di via Cavour. Diventata sede della prefettura, ospitò anche il generale Carlo Alberto Dalla Chiesa, che fu vittima di un agguato mafioso insieme alla sua giovane sposa Emanuela Setti Carraro e all'agente Domenico Russo, la sera del 3 settembre 1982.

Sono due epoche che si parlano: quella di una Palermo in espansione, segnata dall'intraprendenza di famiglie inglesi e tedesche, e quella della lotta alla mafia. C'è quasi un secolo di distanza fra questi due mondi. Mi capita spesso di avvertire dentro la mia città il premere del tempo, ed è come una fitta.

Scendo verso piazza XIII Vittime, dedicata ai tredici patrioti giustiziati senza alcun processo dalla polizia borbonica, dopo il fallimento della rivolta della Gancia, il 4 aprile 1860. Alla fine dell'Ottocento venne eretto un monumento ai Caduti, che purtroppo oggi si leva in mezzo alle sterpaglie. Dall'altra parte della piazza, per iniziativa del primo coordinamento antimafia, nel 1983 è stata eretta una stele di lastre d'acciaio alta quindici metri disegnata dallo scultore Mario Pecoraino, intitolata ai Caduti della mafia. I due monumenti sono in un'area archeologica, transennata da qualche anno, in cui si vedono i resti delle mura arabe che un tempo costituivano il quartiere degli Schiavoni del Seralcadio. Il sito è dotato di passerelle, che però non si possono percorrere perché sono ostruite da cancelli. Non ci sono servizi né per turisti né per residenti, e la segnaletica è illeggibile.

Dall'alta parte della piazza, ecco i ruderi del Castello a Mare, un baluardo difensivo tra il mare e la città risalente al periodo arabo, nel quale dormirono sovrani e viceré, ma dove patirono anche nobili e rei di lesa maestà. Durante i lavori di risistemazione del porto alcune parti furono abbattute, e i bombardamenti della Seconda guerra mondiale completarono il degrado. Quando ero ragazzo, era pieno di artigiani. Dentro vi si trovava di tutto: stalle per i cavalli, fabbri ferrai e fonditori di metalli, depositi di cartoni riciclati, malaseni (magazzini) improvvisati dove si costruivano cassette per la frutta. Fino agli anni ottanta è rimasto tutto in stato di abbandono. Da qualche anno, gli scavi archeologici e i lavori di restauro voluti dalla Soprintendenza per i Beni Culturali hanno riportato alla luce gran parte delle strutture murarie dell'originario complesso fortificato, restituendo alla città un monumento molto importante sotto il profilo urbanistico e architettonico.

Si può avere una visione completa del castello e dei suoi collegamenti con la città osservando la sua planimetria. La fortezza era collegata al mare da una serie di sottopassaggi e un'estremità della grossa e lunga catena che chiudeva il porto della Cala, a difesa di Palermo, era legata là dove oggi c'è la chiesa di Santa Maria della Catena.

Le ultime cannonate sparate da questa fortezza sono di epoca recente: risalgono infatti al 1860 e, paradossalmente, furono dirette alla città su ordine di un barone palermitano, il generale Lanza.

Come ci racconta la storia, Garibaldi, sbarcato a Marsala, proseguì per Salemi e poi per Calatafimi, dove ebbe luogo la prima grande battaglia e anche la prima vittoria dei Mille contro tremila soldati borbonici. Tutti credevano che Garibaldi, in marcia verso Palermo, sarebbe arrivato da Monreale. I generali napoletani avevano dunque fatto schierare ventimila soldati borbonici ben armati in quella parte della città conosciuta da ogni viaggiatore come la Conca d'Oro. Ma Garibaldi escogitò una finta fuga e da Monreale, attraversando campagne, valli, pianure e monti, giunse a Gibilrossa. Lì trovò ad attenderlo circa tremila picciotti siciliani con camicie rosse, coccarde, fazzoletti al collo e bandiere tricolori. All'alba del 27 maggio si avventurarono tra i sentieri e giunsero al ponte dell'Ammiraglio, dove ci fu la prima "scaramuccia". A porta di Termini ebbe luogo la vera battaglia. Quando il generale Lanza, comandante in capo, che si trovava al Castello a Mare, seppe che Garibaldi e i suoi erano entrati a Palermo e si avviavano verso piazza della Fieravecchia (l'odierna piazza Rivoluzione), diede ordine di girare i cannoni in quella direzione. Sembrava tutto perduto, ma le congregazioni religiose, assieme ai picciotti siciliani e ai Cacciatori delle Alpi, riuscirono a interrompere le comunicazioni tra il palazzo Reale e il Castello a Mare innalzando i grandi teli che nelle vicine chiese si usavano per coprire altare e statue il Venerdì Santo; la popolazione scese nelle strade e improvvisò barricate ovunque, contrastando gli odiati soldati borbonici.

Sintìti, sintìti...

Un racconto di famiglia, ma anche professionale, mi lega a questa fortezza. Mio padre, da ragazzo, andava a sentire il cunto di Totò Palermo proprio al Castello a Mare. Il famoso cuntista si metteva con le spalle al muro, mentre un robusto tavolo faceva da palcoscenico. Si sistemava con uno sgabello e, brandendo un lungo bastone, raccontava la storia dei paladini battendolo sul piano del tavolo ogni qual volta presentava l'ingresso dei personaggi oppure per mimare lo scontro tra due cavalieri durante giostre e tornei. Quando i guerrieri dovevano duellare riponeva il bastone e impugnava una spada di legno, che faceva roteare simulando affondi, tagliate di teste, di braccia e di busti al ritmo della cantilena metrica, sostenuta dal battito del piede.

Mio padre aveva conosciuto e ascoltato altri cuntisti: Masi Tantillo del quartiere Kalsa, che d'estate cuntava la storia dei paladini di Francia dentro villa Giulia; Raimondo Riccardi, detto mastru Ramunnu, che cuntava alla vanedda 'i l'Orfani (nel vicolo degli Orfani), nel quartiere del Capo; Roberto Genovese e Peppino Celano, che cuntavano rispettivamente a villa Bonanno, di fronte a palazzo dei Normanni, e nella piazzetta del Noviziato al Capo, quando ancora non era stato costruito il palazzo di Giustizia. Quella piazzetta oggi non esiste più: al suo posto sono state realizzate la nuova pretura e piazza della Memoria, dedicata ai magistrati vittime della mafia.

Il Castello a Mare, all'imboccatura dell'antico porto della Cala, oggi è un porticciolo turistico molto elegante: ci sono moderne passerelle che conducono alle barche, un prato all'inglese, caffetterie accoglienti e una vista sul mare che riconcilia con la vita. Prima del suo recupero, i fondali erano sporchi e pieni di barche sfasciate. Si veniva colpiti dall'odore nauseabondo degli scarichi fognari, della nafta e degli oli spurgati dai motori delle barche. Fino agli anni settanta vi attraccavano i pescherecci che portavano il pescato al vicino mercato ittico, poi arrivarono i barconi degli zavorrieri, che raccoglievano la rena dai fondali e la scaricavano sulla banchina. Si formavano dune di sabbia che scomparivano nel giro di poche ore, perché nel frattempo furgoni e carretti avevano caricato la sabbia per trasportarla nei cantieri edili, numerosi soprattutto nella città nuova che si andava espandendo.

Noi chiamiamo porta Carbone l'antico porto della Cala, non solo perché era la porta d'ingresso in città dove si scaricava il carbone, ma anche per l'aria cattiva che vi si respirava. Quando si vuole offendere qualcuno si usa dire: «Va' iettati a porta Carbuni» (Vai a buttarti a porta Carbone). Le altre due porte erano quelle della Doganella e della Calcina. Quest'ultima si credeva interamente distrutta dal bombardamento del 9 maggio 1943, ma, in seguito alla ristrutturazione del palazzo dove ha sede la clinica Triolo Zancla, è emersa la volta dell'arco. Purtroppo, le bombe del 1943 hanno deturpato il volto della città: oltre a distruggerne la storia, hanno rovinato il paesaggio. Essendo nato nel 1948, sono stato testimone di tante trasformazioni, purtroppo non sempre positive.

Attraversando la strada, non si può non notare un imponente edificio ad angolo con via dei Tintori, che conduce al mercato della Vucciria, e il cui ingresso principale è su corso Vittorio Emanuele (è una via, ma noi lo chiamiamo corso). È l'ex carcere della Vicaria, poi diventato palazzo delle Finanze. Dando le spalle al palazzo, ecco l'antica fontana del Garraffo, una magnifica costruzione barocca che un tempo si trovava nel cuore della Vucciria, di fronte alla chiesa spagnola di Sant'Eulalia, oggi sede dell'Istituto Cervantes. Poiché la piazzetta in cui era stata collocata fu ritenuta troppo angusta, nel 1865 venne spostata nella più ampia piazza Marina: alla Vucciria, in piazza del Garraffello, ci sono ancora i resti di sculture e bassorilievi in marmo e, dentro una nicchia, una piccola statua del Genio.

Ma chi è il Genio di Palermo?

Per i credenti, Palermo e santa Rosalia sono un tutt'uno. Per tutti gli altri, Palermo si identifica col Genio, un vecchio re bello e nobile che rappresenta la maestà e l'orgoglio della città. A figura intera o a mezzo busto, se ne contano diversi: a villa Giulia, a piazza Rivoluzione, all'interno di palazzo delle Aquile, sulla facciata dell'Arsenale della Real Marina, al molo. Pur essendo realizzate da scultori diversi, le statue del Genio hanno tutte le stesse caratteristiche: volto fiero e autorevole, scettro in mano e corona in testa (simboli di regalità), un serpente (simbolo di prudenza) tra le braccia.

Una leggenda popolare narra che secoli e secoli fa una nave carica di grano andò a picco: si salvò solo un uomo, che, approdato sulla costa di Palermo, sopravvisse fino alla vecchiaia prendendosi cura della natura e degli animali. Gli abitanti del posto, vedendo che nessun animale infieriva contro di lui – neppure il serpente, identificato fin dall'Antico Testamento come il demonio –, lo elessero primo re di Palermo.

L'ex carcere della Vicaria, nonché Tribunale di Giustizia, è rimasto tale fino alla prima metà dell'Ottocento, quando ancora non esisteva il carcere dell'Ucciardone.

La Vicaria doveva essere un carcere terribile. Giuseppe Rizzotto, attore e drammaturgo palermitano (1828-1895), vi ambientò un dramma dal titolo *I mafiusi di la Vicaria di Palermo*, nel quale per la prima volta è utilizzata la parola mafiusu per indicare il rappresentante di un'organizzazione criminale. Il testo, in lingua siciliana, descrive la vita dei detenuti rinchiusi nel carcere, dove convivevano feroci assassini e perseguitati politici. I reclusi non uscivano mai dalle celle, potevano solo guardare fuori da alcune finestre che si affacciavano sul mare. La maggior parte dei carcerati dormivano su giacigli di paglia infestati da cimici e pidocchi: si racconta che i nobili, durante la passeggiata lungo il Cassaro, venissero centrati dai pidocchi che venivano lanciati dalle finestre usando gli steli delle spighe come cerbottane. Le autorità ordinarono ai nobili di evitare quel tratto di strada, sicché la passeggiata si sarebbe conclusa prima di giungere alla Vicaria; da allora, quel tratto di strada fu chiamato Cassaro morto.

A proposito dell'Ucciardone, vorrei ricordare un'esperienza che ebbe luogo all'interno dell'aula bunker in occasione del dodicesimo anniversario della strage di Capaci, in cui persero la vita il giudice Giovanni Falcone, la moglie Francesca Morvillo e gli uomini della scorta: Antonio Montinaro, Rocco Dicillo e Vito Schifani.

La sorella del giudice, Maria Falcone, mi aveva invitato presso la sede della Fondazione intestata al fratello perché desiderava che facessi un cunto sulla storia del magistrato, coinvolgendo gli studenti degli istituti scolastici di Palermo e della provincia.

L'idea era bellissima: per celebrare la storia di un grande italiano nato in Sicilia non si poteva non scegliere il candore e l'innocenza dei giovani studenti, proiettati verso il futuro e ancora liberi dalle catene dei condizionamenti sociali e ideologici. In loro andava riposta la speranza dei siciliani, per mettere in pratica le parole di Giovanni Falcone: «Gli uomini passano, le idee restano. Restano le loro tensioni morali e continueranno a camminare sulle gambe di altri uomini».

Si trattava di incontrare settecento ragazzi, dalle elementari alle superiori: un impegno non semplice. Incontrando studenti e docenti nelle rispettive scuole, situate nei vari mandamenti della città, mi resi conto che c'erano tante Palermo, e che tuttavia erano unite in questa ricorrenza molto sentita e partecipata. Avevano scelto poesie, canti, letture, ballate, pensieri e commenti tratti da interviste e libri che nel frattempo erano stati pubblicati su Falcone. Era tutto molto bello, ma mancava un testo in grado di "legare" i diversi lavori che i ragazzi, guidati dai docenti, avevano scelto di fare.

Mi venne in mente allora Giosuè Calaciura, scrittore palermitano che conosco da sempre e del quale apprezzo la scrittura minuziosa, drammatica, violenta e al tempo stesso tenera. Lo incontrai a Roma, dove ormai vive e lavora da anni, e insieme ad altri amici che collaboravano con la Fondazione – il giornalista Francesco La Licata, il magistrato Liliana Ferraro e la stessa Maria Falcone – gli parlammo del progetto. Giosuè lo sposò immediatamente, tanto che da lì a poco nacque il testo di *Sintìti la storia di Giovannuzzo Beddicchio,* una lettura della vita, dell'emarginazione e della morte del giudice Falcone dal punto di vista della città, di quella più "esclusa" e lontana.

Un testo struggente, scritto con un amore sconfinato per l'eroe caduto nell'adempimento del proprio dovere e con una toccante riflessione sul pesante fardello del ricordo in funzione di dolorosa autocritica per le colpe collettive. Furono trenta gli istituti scolastici che parteciparono, soffrirono e gioirono al di là di ogni attesa. Il lavoro fu rappresentato in forma di oratorio domenica 23 maggio 2004 dentro l'aula bunker dell'Ucciardone, alla presenza di numerose autorità dello Stato e della magistratura.

Ero in quel luogo insieme alla mia gente, ai personaggi che, per ruolo istituzionale o per forza di testimonianza, sentivo più vicini, e dai quali sentivo protetta non tanto la mia persona ma la mia coscienza, la mia integrità, la mia identità civile. In quel luogo, in quelle ore, con quel mondo avrei saputo affrontare qualsiasi rischio, qualsiasi sfida.

Palermo quella volta seppe dare il meglio di sé, e io potei rendere omaggio alla gigantesca figura di un uomo con i suoi meriti e le sue debolezze, le sue euforie e le sue amarezze, con la capacità di soffrire e sopportare molto più degli altri senza arrendersi mai.

L'occhi c'ha taliari!

Piazza Marina è famosa anche perché ospita la più nota friggitoria della città: quella di Franco 'u vastiddaru, proprio vicino alla fontana del Garraffo. Dall'inaugurazione del locale, che si è ingrandito negli anni, Franco si è distinto per qualità e professionalità, e ancora oggi la sua attività è portata avanti con successo dai figli. Difficile resistere a un'arancina alla carne o al burro, allo sfincionello, al panino con la milza, oppure alla vastedda con panelle e crocchè (un panino tondo imbottito di rettangoli di farina di ceci e crocchette di purea di patate).

Tra il IX e il XII secolo, durante il periodo della loro dominazione, gli arabi avevano inventato quella che oggi chiamiamo città-mercato. Ogni mandamento aveva e ha ancora il suo mercato: a nord-ovest c'è la Vucciria, dal francese *boucherie* (macelleria), nota soprattutto per la vendita delle carni, poi rinomata anche per la vendita di pesce, frutta e verdura: i venditori, magnificando la freschezza del pesce, gridano: «L'occhi c'ha taliari!» (Gli occhi devi guardargli!). A ovest c'è il Capo, importante punto di smercio agroalimentare al dettaglio, caratteristico e animatissimo ancora oggi per i colori e le abbanniate (le grida dei venditori che richiamano l'attenzione sulla loro mercanzia). In direzione sud-est c'è il mercato di Ballarò, famoso per le primizie ortofrutticole, che provengono dalle campagne del Palermitano. Infine, a nord-est, il mercato della Fieravecchia-Lattarini, dove un tempo si vendevano spezie e droghe. Che sia stata una fiera del commercio lo testimonia anche il suo nome arabo, Souk El Attarine, che significa mercato dei profumi.

In via dei Cassari, tra i numeri 29 e 31, una lastra di marmo indica la casa natale dello scultore Antonio Gagini, "vanto della Sicilia nel XVI secolo". E davanti alla chiesa dell'Immacolata dei Cassari affiorano i ricordi. Fino a qualche anno fa, tutta quella zona era piena di botteghe di falegnami. Se si aveva bisogno di una scala a pioli o a forbice, di una cassapanca, una pala da forno o da muratore, mestoli, cucchiai, mattarelli, assi da bucato, quello era il posto giusto: in via dei Cassari si trovava tutto ciò che si può costruire con il legno.

Il portale d'ingresso che si apre nell'imponente facciata della chiesa è sprangato. Ho sempre desiderato avere uno spazio in cui allestire i miei spettacoli per la grande scena, per lavorare in un luogo all'altezza del riconoscimento che l'Unesco ha tributato all'Opera dei Pupi (nel 2001 è stata proclamata patrimonio orale e immateriale dell'umanità), e questo spazio è chiuso e in stato di abbandono... che spreco. Palermo in effetti è piena di splendidi edifici storici abbandonati e io continuo a sognare.

In piazza del Garraffello, per esempio, ci sono ancora i palazzi sventrati dalle bombe del 1943. Al centro, una fontana di marmo del 1591. Negli ultimi anni, un movimento di pittori guidato dall'artista austriaco Uwe si è battuto per il recupero della piazza, affinché mantenesse la sua autenticità e il suo fascino. Diventata una galleria a cielo aperto, oggi è frequentata da tanti giovani che la sera si incontrano a bere un bicchiere di vino nella vicina taverna.

I coccodrilli a Palermo

Al centro di piazza Caracciolo c'è una fontana. Di fronte a un evento altamente improbabile, si usa dire che quella certa cosa accadrà "quannu asciucanu 'i balati da Vucciria" (quando si asciugheranno le basole della Vucciria), ovvero mai, perché sotto la fontana passa una vena d'acqua che sgorga da una sorgente.

Quando ero bambino, capitava spesso che andassi alla Vucciria con mia madre per fare la spesa: se doveva comprare formaggi o salumi, entrava in una drogheria dal cui soffitto pendevano due coccodrilli imbalsamati. Il più grande misurava oltre tre metri, il più piccolo poco più di uno – dicevano che fossero madre e figlio. Un tempo, infatti, a Palermo c'erano tre fiumi: l'Oreto, il Kemonia e il Papireto, che prendeva il nome dal papiro che cresceva in abbondanza sulle rive. La fonte del Papireto era ai Danisinni, e le sue acque attraversavano orti, giardini e canneti. Proprio per questa abbondanza di papiri, alcuni poeti siciliani del XVI e XVII secolo, tra cui Antonio Veneziano, ipotizzarono fantasiosamente che il fiume ricevesse l'acqua direttamente dal Nilo (*Me Nilus genuit, nomen fecere Papyri; qui fueram unda salo, sum modo lympha solo* / Traggo origine dal Nilo e il nome dal papiro; e io, che ero stato onda del mare, ora son corso d'acqua terrestre) e che i coccodrilli, seguendo certi canali sotterranei, fossero arrivati in città e avessero proliferato. Si racconta che, sempre più numerosi, avessero iniziato a sconfinare negli altri due fiumi e in ogni canale possibile. Pasciuti grazie agli scarti di pesce che i venditori ambulanti gettavano in acqua, i coccodrilli cominciarono a risalire gli argini, sicché a Palermo si diffuse l'allarme: «I coccodrilli hanno invaso la città!». Crebbe la paura che le bestie divorassero i bambini, ai quali fu proibito giocare vicino all'acqua, e cominciò la caccia ai poveri animali. Si racconta anche che una femmina e il suo cucciolo fossero rimasti incastrati nello spazio sottostante la fontana della Vucciria: i palermitani se ne accorsero quando, non vedendo più sgorgare acqua dalla fontana, la smontarono e trovarono i due coccodrilli morti. L'ordine era di gettarli in alto mare, ma un commerciante che aveva seguito la vicenda decise di farli imbalsamare e di esporli nella sua bottega.

Nel Medioevo, l'acqua copriva parte dei gradini che dalla Vucciria conducono in via Roma. Qui, su un basamento preesistente, c'è la chiesa di Sant'Antonio Abate. Accanto, una torre da dove principiavano le mura della città medievale. Al di là di via Roma c'è la vecchia via Venezia, che oggi ha cambiato nome per ricordare il giornalista (e autore di teatro) Salvo Licata. Proprio ad angolo, il teatro Biondo, inaugurato nel 1903. Lungo questa strada scorreva il Papireto, i gradini servivano infatti per fare attraccare le barche.

Poco oltre, si apre una piazzetta dedicata agli attori Franco Franchi e Ciccio Ingrassia. Nel vicino monastero benedettino di Santa Maria delle Vergini si compravano certi buonissimi dolci fatti dalle suore di clausura. Anch'io, da ragazzo, andavo a comprare le famose "minne" di vergine.

In piazza San Domenico svetta l'alta colonna con in cima la statua dell'Immacolata. La chiesa di San Domenico è conosciuta anche come Pantheon: vi sono seppelliti illustri personaggi storici come lo studioso Giuseppe Pitrè, il poeta Giovanni Meli e, ultimo in ordine di tempo, il giudice Giovanni Falcone. Accanto alla chiesa c'è la sede della Società Siciliana di Storia Patria, che ingloba il Museo del Risorgimento.

Nel tratto di via Bandiera compreso tra via Roma e via Maqueda, negozi e bancarelle sono fornitissimi di biancheria e vestiti per uomo, donna e bambino. Alcune botteghe sono storiche, ma le bancarelle, almeno per la maggior parte, oggi sono gestite da extracomunitari, soprattutto del Bangladesh, ormai integrati nel tessuto cittadino. Negli ultimi anni, gli androni dei palazzi occupati da banconi colmi di merce o adibiti a magazzini sono stati sgomberati e restaurati: finalmente hanno rivelato le volte a crociera, il basolato in pietra di Billiemi, gli atri principeschi come quello di palazzo Alliata di Pietratagliata, che da qualche anno ospita prestigiosi eventi culturali. Di tanto in tanto mi è capitato di tenere una serata con i pupi o il cunto all'interno del palazzo, abitato tuttora da Biagio Licata, principe di Baucina, e da sua moglie Signoretta Alliata di Pietratagliata. Entrambi sono molto impegnati nella cura e nella manutenzione della casa di famiglia, ricca di affreschi, mobili e oggetti preziosi, incluso uno spettacolare lampadario di Murano che illumina il salone da ballo.

Al numero 77 di via Bandiera, ad angolo con via Giuseppe Patania, quasi al secondo piano, c'era un puttino con una bandiera in mano: sembra che la strada abbia preso il nome da questo elemento decorativo. Una decina di anni fa, tra una riparazione e l'altra il puttino è scomparso. Gli abitanti della zona si sono dati da fare per ritrovarlo e un bel giorno il puttino è ricomparso, appoggiato all'angolo della strada. La Soprintendenza, per evitare altri spiacevoli inconvenienti, lo ha preso in consegna: oggi è custodito nel Museo Regionale di palazzo Abatellis, in via Alloro.

Via Bandiera si interrompe con il taglio di via Maqueda, ma prosegue col nome di via Sant'Agostino. Anche qui, botteghe e bancarelle riempiono la strada. Vi si trovano tendaggi, zineffe, stoffe, merletti, piume di struzzo e di gallo, piumini d'oca e sintetici.

All'angolo con via Principe Giuseppe c'è un'antica torre idraulica. Durante la dominazione araba, l'acqua a Palermo non mancava mai, perché gli arabi sapevano utilizzare al meglio le risorse idriche del sottosuolo, attraverso una rete di condotti sotterranei di drenaggio, realizzati secondo il metodo dei *qanat*. Lungo il percorso si aprivano pozzi verticali che consentivano l'approvvigionamento per le case e per l'irrigazione dei campi.

I diavoli della Zisa

Il sistema di grandi vasche davanti al palazzo della Zisa – comunemente chiamato dai palermitani castello della Zisa – è uno degli esempi più affascinanti dell'ingegnosità degli arabi.

L'interno e l'esterno del palazzo sono collegati da un canale che arriva nella Sala della Fontana: era stato progettato così anche per mantenere l'ambiente fresco nelle giornate d'estate.

Secondo un'antica leggenda, alla Zisa sarebbe nascosto un tesoro, custodito dai diavoli che compaiono nell'affresco sulla volta dell'arco d'ingresso della Sala della Fontana. Si racconta che ognuno può trovare il tesoro se, allo scoccare della mezzanotte di un certo giorno, riesce a contare i diavoli dipinti sul soffitto. Sembrerebbe un compito semplice, ma nessuno c'è mai riuscito: ogni volta il numero risulta diverso.

Un vecchio contastorie mi raccontò di un pastore che era riuscito a scoprire la "truvatura", ma non a portare fuori il tesoro. Questo il racconto:

Una vota un picuraru stava turnannu di la campagna cu li so pecuri, Vitu, lu so cani, e Saru, lu scheccu caricu di carrubbi.

A un certu puntu si misi a chioviri acqua pisuli, pisuli; u ventu si isò e si scatenò una tempesta. Siccomu stava scurannu, pinzò di ripararisi rintra a ddu palazzu. Mentri aspittava ca lu malutempu si calmassi, si misi a taliari li fiura 'nto tettu. Vitti ca eranu diavuluna, i taliò 'nta l'occhi e ci parsi ca si muvevano: un capennu s'erano l'occhi soi chi giravanu o proprio chiddi di li diavuli, isau l'occhi e cuminciò a cuntari li corna. Lu numaru finali lu spartìu in due e assummò 33 diavuli. Poi cuntò l'aricchi, spartìu lu numaru in due ed eranu puru 33, e a la fine cuntau li cudi e puru chisti eranu 33. 'Nta stu mentri 'ntisi sunari durici tocchi di campani. A stu puntu lu cani si misi abbaiari 'nto n'agnuni, dunni brillava qualchi cosa. Lu cani s'infilau rintra un passaggiu e lu picuraru ci iu d'appressu. Camina, camina, camina, gira, vota e firrìa, arrivò 'nto cammaruni chinu, chinu, chinu di cosi d'oro. Quannu l'occhi s'abituaru au lustru di ddu scuru, vitti una muntagna di monete d'oro, pietre preziose di tanti misuri e poi piatti e coppe d'oro, bracciali, cullani, curuna tempestati di diamanti, zaffiri, perle grosse quantu li nuci. E capìu ca avìa truvatu a truvatura chi avìa sintutu parlare di quand'era picciriddu. Ora, pinzò, unn'aiu cchiù bisognu di fari u picuraru e daccussì si inchìu la vertula di monete e autri cose preziose e s'avviò pi nèsciri, ma un truvava cchiù la strada, mentri lu cani trasìa e niscìa, picchì fora c'eranu li pecuri. Allura lu picuraru capìu ca lu cani truvava la via, ci friscò e Vitu fici trasiri tutte le pecore. A ognuna ci misi 'nmucca una moneta, e quannu friscò arreri a Vito pi fari nesciri la mannara, s'innaddunò ca lu cani faceva avanti e narreri e li pecuri giraru, giraru, giraru, fino a quannu ognuna d'idda un cacò 'nzoccu avia agghiuttutu.

A stu puntu, iddu capìu ca la bona sorti nun era pi iddu: li pisci di lu mari su distinati a cu si l'avi a manciari. Si sbacantò la vertula e li sacchetti chi s'avìa incutu e niscìu 'nzemmula a li pecuri, prima ca ci avissi appizzatu lu sceccu cu tutti i carrubbi, pigghiò e sinnìu.

> Un pecoraio tornava dalla campagna con le sue pecore, il suo cane Vito e il suo asino Saro, carico di carrube.
> Cominciò a piovere acqua a catinelle, si alzò il vento e si scatenò la tempesta.
> Siccome era già l'imbrunire, pensò di ripararsi all'interno di quel palazzo. Mentre aspettava che scampasse, si guardò intorno e si accorse che sul soffitto erano dipinte delle figure. Notò che erano dei diavoloni. Guardandoli negli occhi ebbe l'impressione che quegli occhi si muovessero, non capiva se era lui che vedeva male per la stanchezza o se erano proprio quelli dei diavoli.

Alzò ancora lo sguardo e cominciò a contare le corna. Divise per due il numero finale e contò 33 diavoli.

Poi contò le orecchie, divise il numero per due e il risultato fu di nuovo 33. Infine contò le code e il risultato fu lo stesso.

Proprio allora sentì dodici tocchi di campana e contemporaneamente il cane cominciò ad abbaiare in direzione della luce che veniva fuori da un angolo; poi imboccò un passaggio e il pecoraio lo seguì.

Dopo un percorso tortuoso, arrivò in un salone pieno zeppo di oggetti preziosi. Non appena i suoi occhi si abituarono alla penombra, vide che erano monete, gemme, monili, corone tempestate di zaffiri, rubini, smeraldi grandi come noci e capì di aver trovato la famosa truvatura di cui aveva sentito parlare sin da bambino.

Finalmente, pensò, non devo più lavorare. Riempì la bisaccia e le tasche quanto più poteva e cercò di uscire. Ma non riusciva a trovare la strada, al contrario del cane che andava e tornava perché fuori c'erano le pecore.

A quel punto si rese conto che Vito poteva guidarlo all'esterno e che poteva prendere più monete se faceva entrare anche il gregge. Con il solito fischio chiamò il cane, che a sua volta portò dentro le pecore. Il pecoraio mise in bocca a ognuna di loro una moneta e quando fischiò ancora al cane per far uscire il gregge, si accorse che Vito girava a vuoto e insieme a lui le pecore, fino a quando ciascuna pecora non ebbe defecato la moneta inghiottita.

Capì allora che la buona sorte non era destinata a lui, come recita il proverbio: "Li pisci di lu mari su distinati a cu si l'avi a manciari". Non era destino che si portasse via quel ben di Dio.

Così svuotò le tasche, svuotò la bisaccia e uscì prima di perdere tutto, compreso l'asino e le carrube.

Levati tu ca mi ci mettu io

La chiesa di Sant'Agostino è conosciuta dai palermitani anche come chiesa di Santa Rita, venerata per i suoi interventi nei casi più disperati (tanto da essere definita la "santa degli impossibili"). Ma la chiesa ha visto susseguirsi culti diversi, come quello più antico per la Madonna del Soccorso, detta anche della Mazza.

All'interno, un dipinto quattrocentesco su ardesia raffigura la Madonna del Soccorso che scaccia il demonio con una mazza. Una leggenda popolare narra che una madre aveva un figlio un po' troppo vivace e un giorno minacciò di consegnarlo al diavolo. Questo prontamente si presentò, ma san Nicola, protettore dei bambini, implorò la Madonna, che intervenne con la sua mazza ricacciando il diavolo all'Inferno.

Il culto di santa Rita trova invece la sua massima espressione il 22 maggio, quando si ricorda la morte della santa e il miracolo delle rose (sul letto di morte, la santa aveva chiesto a un parente due fichi e una rosa e, malgrado si fosse in pieno inverno, nell'orto furono trovati gli uni e l'altra). La cerimonia raggiunge l'apice con la commovente benedizione delle rose, poi riposte nelle case dei fedeli affinché proteggano la famiglia da ogni male. I fedeli indossano il tradizionale abito di santa Rita e, a piedi scalzi e con grossi ceri – segno di ringraziamento per la grazia ricevuta –, accompagnano il simulacro della santa.

In piazza Monte di Pietà si trova la più antica edicola votiva dedicata a santa Rosalia, che ogni anno i fedeli del rione addobbano a festa per ricordare il miracolo che nel 1624 liberò Palermo dalla peste. Nell'immagine, la Santuzza (come i palermitani chiamano affettuosamente la santa) è sdraiata per terra con in mano il crocifisso e il teschio. Sullo sfondo si distinguono l'interno della grotta di Monte Pellegrino dove trovò riparò durante il suo eremitaggio e, accanto a lei, due angioletti sospesi. Poco oltre l'edicola votiva, sulla facciata della casa dove abitava Vincenzo Bonello (l'uomo a cui apparve santa Rosalia), una piccola lapide.

Fino al 27 luglio 1624, Palermo aveva avuto quattro sante patrone: Agata, Ninfa, Oliva e Cristina. La devozione nei loro confronti scomparve del tutto con l'avvento di santa Rosalia.

Ma chi era Rosalia Sinibaldi? E cosa accadde?

Nel mese di maggio del 1624 giunse da Tunisi un vascello carico di mercanzie e infestato dai topi. Molti uomini dell'equipaggio erano appestati e in città la gente cominciò a morire. Scoppiò un'epidemia. Nessuno poteva uscire di casa, circolavano soltanto strascini, carri e carretti per raccogliere i corpi di uomini, donne e bambini uccisi dalla peste. Lungo il piano della Marina e al piano di San Francesco di Paola, lontano dalle mura della città, si raccoglievano cataste di legno sulle quali venivano bruciati i cadaveri degli appestati. Palermo stava morendo lentamente.

Un uomo, tale Vincenzo Bonello, di mestiere saponaro, nel tentativo di procacciarsi un po' di selvaggina per sfamare i figli, eluse i controlli delle guardie e in compagnia del suo cane si spinse fino al bosco della Favorita. Non trovando nulla da cacciare, si arrampicò su Monte Pellegrino.

A un tratto cominciò a piovere, così uomo e cane si ripararono dentro una grotta. Fu qui che Bonello si sentì chiamare per nome. Si girò e vide in una nicchia, in alto, il volto di una fanciulla con una corona di rose e un crocifisso in mano. La giovane gli disse di chiamarsi Rosalia Sinibaldi, di aver vissuto da pellegrina in quella grotta dove adesso si trovavano le sue ossa. Se fossero state raccolte e portate in città, l'epidemia sarebbe finita. Tornato a Palermo, Bonello si confessò con un monaco, il quale informò il cardinale Giannettino Doria. Per tre volte il saponaro raccontò l'accaduto, a tre monaci diversi; si sparse la voce, e quando i palermitani seppero di questa apparizione corsero sul monte: qui scavarono e trovarono le ossa, che furono portate in processione per tutta la città sopra un carro trionfale, una barca con le ruote trainata da buoi seguita dai rappresentanti del clero, dal senato e da tutti i palermitani in preghiera che invocavano il nome di Rosalia.

La pioggia cadde per tutto il giorno e da quel momento l'epidemia si attenuò; in pochi giorni la città fu salva e Rosalia Sinibaldi divenne la Santuzza dei palermitani, spodestando le altre quattro sante.

Si dice che l'edicola votiva fosse stata costruita dai fedeli del quartiere e che le celebrazioni religiose per il trionfo alla santa partissero da piazza Monte di Pietà. Ancora oggi, mossi da un'incondizionata devozione, gli abitanti adornano questa icona con grandi festoni, luci e fiori; dal 10 al 15 luglio si raccolgono in preghiera davanti all'edicola, nei pressi della quale viene allestito il Festinello in onore della Santuzza. Rosalia e gli angeli a lei vicini indossano abiti d'argento che impreziosiscono l'edicola votiva con il loro splendore.

Fino agli anni settanta, in occasione del Festino gli abitanti del quartiere costruivano anche la cosiddetta Montagnola, una struttura in tubi di ferro ricoperta di legno e cartapesta che riproduceva la grotta della Santuzza: vi si poteva entrare per pregare dinanzi alla statua, realizzata in gesso e a grandezza naturale su iniziativa di Carmelo Micali, presidente dell'associazione cattolica creata appositamente per occuparsi della gestione del Festinello. La piazza si riempiva di venditori di frutta secca, semi di zucca, mandorle e ceci tostati, zucchero filato e dolci di tutti i tipi. Sacro e profano si univano. Io partecipavo al Festinello anche perché, per alcuni anni, mio padre ebbe il suo Teatro dei Pupi nella vicina piazza Sant'Onofrio. A festa conclusa, la statua veniva gelosamente custodita nel magazzino del signor Micali: quando mi capitava di passare dal suo negozio con qualche ospite, era sempre contento di mostrarla e di raccontarne la storia.

Oggi la statua è custodita nell'antisacrestia della chiesa di Sant'Agostino, che per i palermitani è diventata – per via della benedizione delle rose – la chiesa di Santa Rita. Spero che non finisca per diventare la chiesa di Santa Rosalia, e che non si ripeta ciò che santa Rita ha fatto a sant'Agostino.

Sant'Onofrio tuttu pilusu

La zona del Monte di Pietà la conosco bene perché, come ho accennato, a metà degli anni sessanta mio padre aveva aperto un teatrino al numero 16 della vicina piazza Sant'Onofrio. A quell'epoca – avevo quindici o sedici anni – ero già aiutante di prima quinta. Ogni mattina mio padre faceva "la preparazione", cioè sceglieva e controllava i pupi, le scene e tutto quello che serviva per lo spettacolo della serata. Dal momento che nei nostri canovacci il ciclo intero durava 371 serate, capitava di dover utilizzare personaggi che non si adoperavano da lungo tempo. I pupi sul palcoscenico dovevano essere in perfetto stato e quindi bisognava lucidare le armature di ottone, alpacca o rame con uno specifico procedimento: si impregnava mezzo limone di rena "vergine" e lo si strofinava su tutta l'armatura, che poi veniva sciacquata e infine asciugata con la segatura. Il compito spettava a me: completavo il procedimento nella fontanella al centro della piazza, spesso alla presenza di tanti appassionati che potevano così apprezzare quanto fossero sfavillanti le armi del proprio beniamino.

La televisione non aveva ancora invaso le case dei palermitani: il pubblico era sempre numeroso e, dal momento che la sala non era molto grande, chi voleva assicurarsi un posto doveva arrivare ben prima dell'inizio dello spettacolo.

Il quartiere era molto popolato e pieno di laboratori artigiani dove si costruivano pensili da cucina, camere da pranzo, armadietti per tutte le tasche. Vicino al teatrino c'era, e c'è ancora, una chiesa dedicata a sant'Onofrio e il 12 giugno – giorno della sua festa – preti e fedeli portavano il fercolo con la statua del santo in processione.

Un giorno notai un corteo di fedeli che si dirigeva verso il nostro teatrino, dove mio padre mi aveva detto di prendere il pupo del mago Malagigi e di sistemarlo sul boccascena del teatro. Accesa la piccola ribalta perché il pupo fosse bene in vista, la gente entrava e gli accarezzava le mani o gli sfiorava il viso con un fazzoletto. Le panche per il pubblico erano posizionate al centro della sala, una fila di persone entrava da un lato, toccava il pupo e usciva dall'altro lato. Con quel serpentone di gente, non si capiva più quale fosse la chiesa e quale il teatrino. Solo a tarda sera, rientrato a casa, capii che il pubblico identificava Malagigi con sant'Onofrio. Ma come – dicevo io –, un mago che comanda i diavoli, che fa zuffe spietate con negromanti contrari alla cristiana fede, che interviene in tante guerre... può mai essere santo?

La storia di Malagigi l'avevo vista rappresentare a mio padre tante volte: Buovo d'Agromonte, paladino di Carlo Magno, e la moglie Lucietta, regina d'Orsitania, si trovano a Roma per partecipare all'elezione di papa Leone, fratello di Buovo. Lucietta è incinta, pertanto subito dopo la cerimonia decidono di ripartire per far nascere il bambino in Orsitania.

Destino vuole che Lucietta sia colta dai dolori del parto mentre stanno attraversando le terre del Portogallo, così si fermano in un boschetto a ridosso di una fonte d'acqua. Montano un piccolo accampamento e quella stessa notte la regina dà alla luce due bellissimi maschietti, due gemelli che il mattino dopo vengono battezzati con i nomi di Onofrio e Bernardo.

Abalante, re saraceno del Portogallo, si trovava con il suo seguito in quei luoghi per una battuta di caccia: quando vede bandiere cristiane nelle sue terre, preso d'ira ordina di assaltare il campo e uccidere tutti.

Nel suo castello, frattanto, il mago Merlino sente tremare la terra sotto i piedi. Pronuncia formule magiche e chiama un demonio, dal quale viene a sapere che il destino vuole che sia lui a mettere in salvo il piccolo Onofrio. Abalante sta distruggendo e bruciando il campo; la balia, a cui erano stati affidati i due neonati, è colpita a morte. In poco tempo, nel campo si consuma un dramma che segna i sovrani per tutta la vita. Buovo, che pure ha messo fuori combattimento molti pagani, non può affrontarli tutti, così decide di salvare almeno la sua sposa. Solleva di peso la regina Lucietta, se la mette in sella sul suo destriero e, nonostante le grida di lei, che non vuole allontanarsi senza i figli, fugge al galoppo.

Arriva il mago Merlino e trova il piccolo Onofrio sopra un cespuglio. Lo prende, lo porta nel suo castello e lo affida alla figlia Sibiliana, che lo cresce con il nome di Malagigi. Un giorno sarà lui a ereditare la sua verga e l'arte della negromanzia.

In mezzo allo sterminio, Abalante sente un vagito e si accorge che, protetto dal corpo della balia, c'è un neonato. Mentre sta per alzare la scimitarra e colpirlo, il bambino gli sorride. Abalante è avanti negli anni, un tempo aveva sperato in un erede ma la sorte non aveva voluto, così pensa di prenderlo e portarlo a palazzo. Lo nasconde sotto il mantello e si dirige alla reggia, dove intende far credere che il bambino è figlio suo. Anche Bernardo, così, viene salvato.

Grazie alla negromanzia Malagigi scopre le sue origini, diventa re di tutti i maghi, strenuo difensore della corona di Carlo Magno e soprattutto del cugino Rinaldo, che tante volte, a causa della sua schiettezza, si è trovato bandito dalla terra di Francia o in pericolo di vita. Gli interventi di Malagigi in favore della corona sono innumerevoli, ma disconosciuti dall'imperatore, il quale in un momento d'ira lo chiama persino traditore, «figlio del demonio!». Questo epiteto sconvolge Malagigi al punto che abbandona tutto, evoca i diavoli, brucia i libri magici, si ritira nel deserto, si spoglia finanche dei vestiti e passa i suoi giorni pregando e chiedendo perdono a Dio. E l'alto giudice dei cieli, accogliendo le sue suppliche, lo salva facendo in modo che la sua barba e i suoi lunghi capelli lo proteggano dalle intemperie.

L'identificazione con gli eroi del Teatro dei Pupi, per gli appassionati di una volta, era totale. Il pubblico conosceva vita, morte e miracoli dei propri beniamini, dunque anche la vita di Malagigi, che nell'immaginario collettivo era diventato sant'Onofrio.

Beati Paoli, beati al fresco

Nel rione del Capo torno con la memoria nella famosa Stanza dello Scirocco, di cui parla anche lo scrittore Luigi Natoli nel romanzo *I Beati Paoli*. Non c'è nulla di storicamente accertato, tuttavia questa stanza è ancora visibile ed è sempre stata descritta come la sede del tribunale dei Beati Paoli, una setta di giustizieri che agivano incappucciati nei sotterranei di Palermo tra Cinque e Settecento. Il marchese di Villabianca riteneva che le loro origini risalissero alla fine del XII secolo, che fossero originariamente denominati "i vendicatori" e che il loro nome facesse riferimento a una congregazione devota a san Francesco di Paola.

Il romanzo di Natoli racconta di alcuni uomini che di giorno vivono una vita normale e rispettabile, mentre la notte, bardati con tonaca e cappuccio, si riuniscono per decidere la sorte di altri esseri umani. Non ci sono in merito testimonianze scritte, ma la fantasia popolare – si sa – non ha bisogno di dati storici: malgrado siano passati cinque secoli, i Beati Paoli continuano ad accendere l'immaginazione e a far parlare di loro.

La Stanza dello Scirocco si trova in vicolo degli Orfani, un budello che conduce nella piazza del Capo. L'avevo visitata nel 1997, quando realizzai un documentario su Palermo intitolato *Invito all'Opera dei Pupi*. Allora l'accesso era impedito da rifiuti, erbacce, muretti diroccati, ma oggi la stanza è stata restaurata ed è meta di visite guidate.

L'ambiente ha forma circolare e vi si accede scendendo alcuni gradini; dopo una profonda vasca di granito, attualmente vuota, c'è una porta oltre la quale si sviluppa un'immensa rete di cunicoli. Ai lati della porta, un sedile in pietra segue il perimetro del sotterraneo.

I pupaccèna e la pupa del Capo

Su incarico di mio padre, andavo spesso nel vicolo degli Orfani, dove, nel periodo che precedeva la festa dei Morti, in un laboratorio artigiano specializzato nella produzione di pupi di zucchero lavorava un pittore a cui mio padre affidava la realizzazione di fondali e cartelli per il suo teatro. Si chiamava Nicola, ma tutti lo chiamavamo Nicolino. Era figlio di don Ciccio Rinaldi, il più grande pittore di scene e cartelli del Novecento, morto sotto le bombe del '43 e chiamato dai pupari il Professore perché di tanto in tanto insegnava all'Accademia di Belle Arti. Don Ciccio era a sua volta figlio di Nicolò Rinaldi, detto il Faraone, il più noto pittore di scena dell'Ottocento siciliano, ricordato da opranti-pupari e da studiosi per le sue opere raffinate e monumentali.

Quando Nicolino non realizzava fondali e cartelli dipingeva pupi di zucchero indurito, i pupaccèna, che si regalano ai bambini per la festa dei Morti. Non uso a caso il termine "festa": in Sicilia, il 2 novembre i bambini ricevono abiti, giocattoli e un cannistru (una cesta) colmo di martorana e biscotti di vario tipo – pipatelli, mustaccioli, ossa di morti – dove non può mancare un pupaccèna, ovvero un pupo armato a piedi o a cavallo, oppure una principessa con tanto di corona. Colorati con i toni della Sicilia – rosso, giallo, azzurro –, i pupaccèna ritraggono paladini, saraceni e altri personaggi dell'Opera dei Pupi. Tutti questi doni, si dice ai bambini, arrivano dai morti.

Mi piaceva andare a trovare Nicolino, perché rientravo dalla mia missione sempre con la bocca dolce grazie ai pezzi di pupaccèna che mi regalava, magari recuperando quelli che si erano rotti durante la lavorazione.

In via Cappuccinelle si trova la chiesa della Madonna della Mercede, proclamata patrona del Mandamento Monte di Pietà nel 1856, quando ancora il quartiere non si chiamava Capo. La chiesa è in posizione sopraelevata rispetto alla strada, su una specie di terrazzo: vi si accede da una scalinata, che mette in evidenza il portale sormontato da una statua di Maria con il Bambino in braccio, opera di Girolamo Bagnasco. Gli abitanti del quartiere sono molto devoti a questa Madonna. Al grido di «A regina ru Capu è, viva 'a Madonna miccè!» (È la regina del Capo, viva la Madonna della Mercede!), l'ultima domenica di settembre viene portata in processione tra le vie del quartiere, illuminata da imponenti luminarie. La festa si conclude a tarda sera con i tradizionali fuochi d'artificio.

Di fronte alla chiesa c'è il panificio Morello, uno dei più antichi della città. La facciata è abbellita da un mosaico che riproduce un soggetto femminile conosciuto da tutti come "a pupa ru Capo", una Demetra della mitologia greca reinterpretata dall'artista Salvatore Gregorietti (1870-1952) nelle forme del Liberty. Pane non se ne fa più, ma la nostra pupa oggi è in mano ai restauratori della Soprintendenza. Dopo via Cappuccinelle e via Papireto c'è palazzo Fernandez, sede dell'Accademia di Belle Arti di Palermo; si procede poi dentro un avvallamento provocato dai bombardamenti del 1943, che i "capioti" chiamano "u chiano 'i Sant'Anna" (il piano di Sant'Anna) e che negli anni abbiamo visto trasformare più volte. Purtroppo, oggi è solamente uno spazio dove si parcheggiano le auto, ed è un vero peccato perché la vista è da cartolina. Da lì si scorgono l'abside della Cattedrale, le torri, le guglie e le terrazze di altri edifici di una Palermo antica e meravigliosa. Tanta bellezza fa pensare che basterebbe affidare l'area a un artista come Mimmo Paladino perché, trasformata in opera d'arte, possa tornare a dialogare con il contesto urbano e diventare anche un'attrazione turistica.

Canti e cunti

Vicino a porta Carini, fino agli anni sessanta sostavano diversi cantastorie. Tra i più noti, Ciccio Rinzinu e Ciccio Busacca. Entrambi sistemavano una pedana sul portapacchi di una Seicento multipla e su uno stangone appendevano un cartellone, una tela dipinta con diversi "scacchi", ognuno dei quali riproduceva un momento saliente della storia che intendevano raccontare. Le ballate erano ispirate per lo più a fatti di cronaca, che spaziavano dalla storia della baronessa di Carini, del XVI secolo, a quella di Salvatore Giuliano, bandito di Montelepre ucciso nel 1950. I cantastorie si accompagnavano con la chitarra, le parti parlate erano in prosa libera, le parti cantate in versi. Con i loro canti e cunti riuscivano a raccogliere un pubblico attento, il quale poteva lasciare un'offerta o acquistare un foglio con la storia stampata, o meglio ancora la registrazione su disco.

> ...*Viu vinìri nna cavalleria*
> *Chistu è me patri chi veni pi mmia*
> *Tuttu vistutu a la cavallerizza*
> *Chistu è me patri ca mi veni ammazza*
>
> ...Vedo arrivare una cavalleria
> Questo è mio padre che viene per me

È vestito con elmo, spada e corazza
Questo è mio padre che viene e mi ammazza.

Signuri patri, chi vinistivu a fari?
Signura figghia, vi vinni ad ammazzari...

Signor padre, cosa siete venuto a fare?
Signora figlia, vi sono venuto ad ammazzare.

E lu baruni chinu di furori
Pigghiau la spata e cci spaccau lu cori...

E il barone, pieno di furore,
Impugnò la spada e gliela ficcò nel cuore.

Da *La baronessa di Carini*

Vogghiu cantari ccu sensu sirenu
Tuttu chiddu ca fici Giulianu,
L'omu ca pi sett'anni nenti menu,
Fici trimari sutta li so manu.
E ppi diri ca Turi fu 'mpurtanti,
Lu ntitularu Re di li briganti...

Voglio cantare con animo sereno
Tutto quello che ha fatto Giuliano,
L'uomo che nientemeno per sette anni
Fece tremare sotto le sue mani.
E per dire che Turi è stato importante,
Lo nominarono Re dei briganti.

Da *La storia del bandito Giuliano*

La figura del cantastorie è stata presente in tutta Italia sin dal Medioevo e le ballate sui fatti di cronaca sono state composte e cantate da Nord a Sud e in giro per l'Europa.

Mentre cercavo materiali per il mio spettacolo *La terribile e spaventosa storia del principe di Venosa e della bella Maria*, messo in scena a Siena nel 1999, scoprii che la tragedia del principe ha ispirato nel corso dei secoli la fantasia di storici, poeti e drammaturghi, che scrissero canzoni, elegie, sonetti, epitaffi e anche ballate. Una tra le più famose è quella di Torquato Tasso:

> ...Alme leggiadre a maraglia e belle,
> Che soffriste morendo aspro martirio,
> Se morte, amor, fortuna, il ciel v'uniro,
> Nulla più vi divide e più vi scelle...

Facendosi largo tra la gente che affolla il mercato, tra carnezzerie (macellerie) e pescherie, panifici, montagne di capperi, olive bianche e nere, nascosta dalle bancarelle di frutta e verdura, in mezzo ai palazzi in rovina, si scorge la chiesa dell'Immacolata Concezione. La facciata è piuttosto severa e non lascia immaginare il meraviglioso barocco che custodisce. Ma Palermo riserva tante sorprese e non finisce di stupire.

L'interno è ricchissimo di decorazioni marmoree policrome. Lo splendore del soffitto e delle pareti – un tripudio di stucchi, marmi, affreschi, pietre preziose – contrasta con la povertà del quartiere. Si viene sopraffatti da tanta bellezza, al punto che la bolgia del mercato, che ci si è appena lasciati alle spalle, scompare non appena varcato il portale d'ingresso. La chiesa, a navata unica, faceva parte di un ampio complesso monastico abbattuto per fare spazio all'attuale palazzo di Giustizia, un edificio di stile razionalista.

Procedendo per via Beati Paoli si incontra la chiesa di San Giovanni alla Guilla, dove ha sede la congregazione di Maria Santissima Addolorata. La congregazione è famosa per l'organizzazione della processione del Venerdì Santo, che attira una moltitudine di devoti, curiosi e turisti. La chiesa non è molto grande, ma la partecipazione è tale che tutto il quartiere diventa una comunità in preghiera a cielo aperto.

I simulacri del Cristo morto e della Vergine Addolorata vengono portati in giro, sorretti a braccia dai membri delle confraternite e scortati da quattro figuranti vestiti come soldati romani.

Una curiosità: le armature dei soldati romani, chiamati "giudei", sono opera dei pupari. Le più belle sono certamente quelle antiche; alcune sono state realizzate da Carmelo Di Girolamo, il più noto maestro costruttore di pupi a cavallo tra Otto e Novecento, cui toccò il privilegio di avere come modello l'ultimo cuntista, il mio maestro Giuseppe Celano.

A Palermo, la partecipazione popolare in occasione delle ricorrenze religiose è ancora molto viva. Accanto alle celebrazioni liturgiche sopravvivono altre manifestazioni devozionali come i triunfi e le novene. Un tempo erano famose anche le congregazioni dei cantori ciechi, di cui facevano parte non vedenti che cantavano accompagnandosi con violino e citarruni (violoncello), sostituito nel Novecento dalla chitarra. Su richiesta di chi aveva ricevuto una grazia, eseguivano dietro compenso una novena o un trionfo in onore del santo protettore. Il gruppo di sunatura (suonatori) – che fino a un decennio fa si potevano ancora ascoltare all'interno della bottega di qualche barbiere – discendeva dai cantori di testi sacri "orvi cicati". Ma, diversamente da questi, i sunatura non eseguivano un repertorio sacro; venivano chiamati per intrattenere gli ospiti durante le feste di battesimo, le prime comunioni, i matrimoni. Con il passare degli anni queste tradizioni sono andate scomparendo; tuttavia, poco oltre la chiesa di Maria Santissima Addolorata, al numero 3 di via Beati Paoli, si trova ancora una sartoria per uomo dove Andrea Vajuso si diletta insieme ai suoi vecchi amici a mantenere viva la tradizione. Quasi tutti i sabati si riuniscono nella sua bottega e sono felici di accogliere quanti amano la musica popolare.

In via Sant'Agata alla Guilla, un tempo c'era porta Sant'Agata. Qui, la notte del 10 novembre 1160 venne assassinato Maione, primo ministro e ammiraglio del re Guglielmo I di Sicilia, mentre tornava nel suo palazzo dopo un banchetto.
Cos'era accaduto?

La storia narra che Matteo Bonello, conte di Caccamo, godeva in Sicilia dell'appoggio di diversi nobili della corte normanna, ma soprattutto della benevolenza popolare, mentre la corte era invisa a gran parte dei sudditi. Sembra che Bonello, in un primo momento fedele alla corte, fosse entrato in una congiura di nobili di Calabria e Puglia con l'obiettivo di eliminare il primo ministro Maione, che aveva l'ambizione di diventare re. Maione venne ucciso all'uscita del palazzo arcivescovile, dove si dice fosse andato per avvelenare l'arcivescovo: fino a qualche anno fa, sul portone d'ingresso era conficcata l'elsa della spada del Bonello.

Dopo l'uccisione di Maione una sommossa mise a ferro e a fuoco il palazzo Reale. Per sedare la rivolta, re Guglielmo promise di non arrestare Bonello, il quale si ritirò nel suo castello di Caccamo e organizzò una nuova congiura contro il sovrano, che fu deposto e imprigionato; al suo posto salì al trono il figlio Ruggero, di nove anni.

Da questa storia ho tratto uno spettacolo che è stato rappresentato nel 2018 nell'atrio di palazzo dei Normanni. Il copione l'ho scritto seguendo i fatti storici raccolti da Ugo Falcando, che nel suo *Il libro del regno di Sicilia* narra i retroscena senza risparmiare nessuno, dai normanni ai campani, dai pugliesi ai calabresi e ai palermitani.

Alcuni studiosi sostengono che l'elsa della spada di Bonello sia stata tolta dal portone dov'era conficcata perché non era l'originale ma quella di qualcuno che voleva ricordare i fatti. Io penso che sarebbe stato meglio lasciarla, perché tante volte i simboli, attraverso il mito, mantengono viva la storia.

Lungo via Sant'Agata alla Guilla, ecco il Convitto Nazionale, intitolato a Giovanni Falcone: affaccia su piazza Sett'Angeli, dalla quale si scorge l'abside della Cattedrale. Parte della piazza è area archeologica: protetti da una struttura, si vedono i reperti dei mosaici di un'abitazione privata risalente alla fine del I secolo dopo Cristo. Al centro di piazza Sett'Angeli c'è un giardinetto con una colonna che ricorda le vittime civili di una bomba sganciata il 9 maggio 1943. Quand'ero ragazzo e con mia madre passavo dalla piazza, le vedevo fare il segno della croce. Fu lei a raccontarmi come la bomba avesse centrato in pieno un ricovero che durante l'allarme aereo si era riempito di gente: il numero esatto delle vittime non è mai stato accertato.

Scendendo verso il mare si passa accanto al Collegio Massimo dei Gesuiti (1586), sede della Biblioteca Comunale: la biblioteca possiede uno straordinario patrimonio di quasi un milione di volumi, il più antico dei quali risale al X secolo. Un po' più avanti, sull'altro lato di corso Vittorio Emanuele, c'è la chiesa del Santissimo Salvatore, costruita su progetto di Paolo Amato (1681-1699). È un gioiello di arte barocca decorato con marmi policromi, stucchi e affreschi. Anche questo edificio subì grossi danni durante la Seconda guerra mondiale; ne soffrirono soprattutto la cupola e le decorazioni marmoree.

Proprio all'altezza della cupola, un camminamento esterno consente al visitatore di ammirare ampiezza e bellezza del centro storico. Per lungo tempo la struttura è stata adibita a sala da concerto, tanto che molti la conoscono come auditorium. Recentemente, però, sono riprese le funzioni liturgiche.

La storia di questo luogo è legata al mio racconto sulla Santuzza di Palermo. Quando Rosalia abbandonò le stanze del suo palazzo per farsi eremita, si fermò infatti proprio in questo oratorio:

...A chistu modu misi a pittinari
La cammarera a santa Rusulia,
Di gemmi e ori la misi adurnari
'Ntra li so' beddi capiddi quali avìa.

In questo modo cominciò a pettinare
La cameriera santa Rosalia,
Di gemme e oro cominciò ad adornare
I suoi bei capelli.

Ma pi cchiù megghiu falla 'ncapricciari:
«Guardàtivi a lu specchiu» cci dicia.
Mentri a lu specchiu si guardava fissu,
cci accumpariu Gesu Crucifissu.

Ma per meglio convincerla:
«Guardatevi allo specchio» le diceva.
Mentre lei si guardava allo specchio con attenzione,
Le apparve Gesù Crocifisso.

...Mentri priava l'ancilu arrivau.
Cci dissi a Rusulia: «Prestu, partemu!».
Libri e curuna la santa si pigghiau,
Lu crucifissu c'un amuri estremu.
L'ancilu pi lu vrazzu l'affirrau.
Cci dissi a Rusulia: «Prestu, partemu!».
E si la vosi l'ancilu purtari
Senza a nissunu fàrinni addunari.

Mentre pregava arrivò l'angelo.
Disse a Rosalia: «Presto, partiamo!».
La santa prese i libri e la coroncina,
Il crocifisso con amore estremo.

L'angelo l'afferrò per un braccio.
Disse a Rosalia: «Presto, partiamo!».
E volle portarla con sé
Senza che nessuno se ne accorgesse.

Li porti aperti cci ficiro truvari;
Liberi e franchi li scali scinneru,
A la batia cchi ha jutu agghiurnari,
A lu Sarbaturi subitu traseru.
Si 'nginucchiaru davanti l'altari,
Maria cu Gesù Cristu cci scinneru.
E si spusaru ddà pubblicamenti,
Ma no all'usanza di nuatri genti.

Le porte aperte gli fecero trovare;
Liberi e sicuri scesero le scale,
Alla badia arrivarono col nuovo giorno,
E subito entrarono al San Salvatore.
S'inginocchiarono davanti all'altare,
Scesero Maria e Gesù Cristo.
E si sposarono lì pubblicamente,
Ma non all'uso della nostra gente.

Pulcinella e gli orologi di Palermo

Appena fuori dal Santissimo Salvatore c'è la più antica architettura normanna: un monastero voluto nel 1072 dal conte Ruggero. Oggi è sede del Liceo musicale Regina Margherita. Nella vicina piazzetta si staglia imponente la facciata della chiesa delle monache dell'Origlione. Poi si attraversa via Castro, un tempo letto del fiume Kemonia, e si giunge alla chiesa di San Nicolò di Bari. A fianco della chiesa c'è una torre trecentesca, che non faceva parte della struttura ecclesiastica. Fu eretta per volontà della Universitas palermitana (organo amministrativo della città) per difendere le mura del Cassaro; per questo motivo pare che fosse la più alta di Palermo. Dopo aver perduto la sua funzione difensiva, la si è voluta rendere meno austera con la creazione di bifore decorate che ricordano quelle di palazzo Steri. Nel XVI secolo una bifora ospitava un orologio a campana, uno dei tre della città insieme a quelli di Sant'Antonio Abate e di Santa Lucia al Borgo.

Ci sono storie legate agli orologi di Palermo, e me le raccontava mio nonno Nino: Pulcinella, che aveva criticato ripetutamente il potere, viene arrestato e condannato dalla Santa Inquisizione alla ghigliottina. Il giorno dell'esecuzione viene condotto a piazza Marina, gremita di folla. Mentre si accinge a raggiungere il patibolo, la campana della torre dello Steri comincia a suonare, e subito dopo anche quelle di San Nicolò e di Santa Lucia al Borgo. «A che ora è prevista la mia esecuzione?» chiede al boia. E il boia risponde: «A mezzogiorno». Allora Pulcinella si mette a protestare, perché è evidente che mezzogiorno è già passato, e di conseguenza pretende la grazia. Il boia si gira verso i giudici seduti in un palchetto, i quali gli fanno cenno di procedere, ma Pulcinella, rivolgendosi al popolo, dice: «Se non sono capaci di far suonare allo stesso orario gli orologi delle loro chiese, come possono pretendere di far funzionare la giustizia?». Così, a furor di popolo, Pulcinella ottiene la grazia.

L'ultima Roncisvalle

Poco distante da piazza Marina, al numero 10 di via del Pappagallo, c'era il Teatro dei Pupi di Giuseppe Argento, oprante puparo e figlio di puparo. Come mio padre e l'oprante Antonino Mancuso, Argento visse l'ultima Roncisvalle.

Ma una premessa è necessaria.

Dopo il bombardamento alleato del 1943, i teatri dei pupi

entrarono in crisi. La città sventrata dalle bombe, lo spopolamento delle campagne, la diffusa disoccupazione e la mancanza di alternative portarono i siciliani a emigrare al Nord, ma anche in Francia, Belgio, Germania, Svizzera, e persino negli Stati Uniti. Interi mestieri di opranti (per mestiere si intende l'insieme dei pupi, dei fondali e di tutto l'occorrente per la messa in scena degli spettacoli) finirono così nei carrettini dei rigattieri, e successivamente nei mercatini. Molti figli di pupari cambiarono lavoro, tanti emigrarono. Gli ultimi maestri sopravvissero grazie ai turisti.

Giuseppe Argento vantava un glorioso passato (suo padre don Cecè, diventato oprante nel 1892, era stato allievo di Giovanni Pernice, tra i più noti opranti dell'Ottocento) e continuava a rappresentare i suoi spettacoli con il solo aiuto della figlia Elena, di qualche anno più giovane di me. Ma negli anni settanta il suo teatro di pupi, come del resto quello degli altri opranti, era abbandonato a se stesso: il pubblico tradizionale era scomparso e, per tirare avanti, durante il giorno Argento costruiva cassette di frutta in corso dei Mille. La sera metteva in scena i suoi spettacoli. Ricordo bene la sua amarezza quando mi raccontava di essere "perseguitato" da certi appassionati che avrebbero voluto comprare i suoi pupi. «Preferisco gettarli in mare» ripeteva «che vederli appesi in qualche bacheca.»

La sua convinzione, però, era che il Teatro dei Pupi fosse ormai morto. Io cercavo di stargli vicino, e nell'incoraggiarlo facevo coraggio anche a me stesso, visto che stavo cercando di costruire il mio futuro di oprante. Convinsi allora mio padre, Mancuso, Argento e altre due giovani compagnie che si occupavano di burattini e marionette a unirci in associazione: se è vero che l'unione fa la forza, quello era il momento di provare a resistere. Fu così che nel 1980 si costituì l'Associazione Teatro Stabile delle Marionette Città di Palermo, che affidò ad Argento la presidenza e a me la direzione artistica.

La prima manifestazione ufficiale che ci vide riuniti fu una programmazione di farse del Teatro dei Pupi in occasione del Carnevale, organizzata direttamente nei nostri teatri. Seguirono spettacoli del ciclo carolingio, una rassegna di serate speciali – testi sacri – in occasione della Pasqua, e infine *La morte di Orlando*, che mettemmo in scena tutti insieme. Lo spettacolo, di cui mi fu affidata la regia, debuttò il 2 dicembre presso il teatro Libero di Palermo, all'interno della VI Rassegna dell'Opera dei Pupi organizzata dal Museo Internazionale delle Marionette.

Questo breve ma intenso periodo di collaborazione fu interrotto da una serie di episodi tanto tristi quanto spiacevoli che nel frattempo accaddero a Giuseppe Argento.

La notte del 20 aprile i ladri entrarono nel suo teatro e si portarono via alcuni paladini; due anni dopo crollò il tetto del palazzo e la sala dovette rimanere chiusa per diversi mesi; infine, una comitiva di turisti fu praticamente sequestrata e rapinata all'interno del pullman sul quale erano saliti alla fine dello spettacolo: pistole in pugno, i rapinatori li derubarono di tutto, anche dei piccoli oggetti d'oro. Fu l'ultimo spettacolo di Argento, l'episodio determinò infatti la chiusura definitiva del suo teatro. Addolorato e sconfitto, l'anziano oprante-puparo smantellò tutto e si portò i pupi a casa, appendendoli su ogni parete e perfino dentro gli armadi.

Andavo a trovarlo spesso, cercando di lenire il suo dispiacere e di farlo sentire meno solo. Morì poco tempo dopo, nel 1983, all'età di ottantun anni.

Del suo teatro conservo un bellissimo Ferraù che lui stesso mi aveva venduto, le teste dei fratelli spagnoli Marsilio, Bulugante e Falserone, che mi furono vendute da Luciano Bumbello, puparo-costruttore del quartiere Capo; una Carinda (pupa armata) comprata da privati e il piano a cilindro che funziona a moneta, antesignano del jukebox, acquistato al mercato delle pulci in seguito alla spartizione del suo patrimonio di pupi, scene, cartelli compiuta dai figli.

Cagliostro in scena

Superata la torre a fianco della chiesa di San Nicolò di Bari, ecco piazza Ballarò, tra via Porta di Castro, Casa Professa e il vicolo Conte Cagliostro. Fino a poco tempo fa, questo vicolo si chiamava via della Perciata ed era talmente trascurato – un vero e proprio immondezzaio – che i palermitani lo chiamavano "via della Pisciata". In epoca recente, il vicolo ha preso il nome di Cagliostro, figura mitizzata e controversa alla quale ho dedicato uno spettacolo nel 1973.

Fu il mio primo copione "nuovo", ovvero non legato al ciclo carolingio, sebbene per metterlo in scena usassi le tecniche della tradizione, rimarcando il mio legame indissolubile con il mestiere. Non più Orlando ma Cagliostro, non più la spada Durlindana per combattere ma la pietra filosofale e l'ipnosi per entrare nelle menti altrui, cercando di far ragionare i potenti e di scuotere i più deboli.

Il personaggio aveva un certo fascino. Alexandre Dumas padre e il nostro contemporaneo Roberto Gervaso lo hanno reso protagonista, l'uno di un romanzo, l'altro di una biografia, ma entrambi lo descrivono come un avventuriero, studioso di medicina, ipnotismo e alchimia.

Io l'ho rappresentato come un rivoluzionario che visse di espedienti finché la sua fama di guaritore, che si era diffusa in tutta Europa, gli assicurò la protezione di nobili e sovrani. Infine lo feci condannare a morte, ghigliottinato, ma chissà, forse per rinascere in un altro luogo e in un'altra epoca. La vera storia dice che Cagliostro venne condannato e rinchiuso in una cella nella torre di San Leo, da dove scomparve inducendo gli appassionati di alchimia a pensare che avesse infine scoperto il segreto della smaterializzazione.

Cu avi lingua passa lu mari

Quand'ero ragazzo, con mio padre e la compagnia, se dovevamo andare a rappresentare i nostri spettacoli fuori dalla Sicilia prendevamo il Treno del Sole.

I vagoni erano affollatissimi di emigranti, provenienti soprattutto dall'entroterra siciliano. Alcuni si domandavano come farsi capire da chi si esprimeva in altri dialetti: quasi nessuno infatti conosceva l'italiano, sicché tra le regioni del Sud e quelle del Nord c'era una distanza non solo culturale ma anche strettamente linguistica.

I più anziani alzavano le spalle: "Cu avi lingua passa lu mari" (Chi ha la lingua attraversa il mare).

Io pensavo che molti di loro, essendo contadini, il mare probabilmente non lo avevano mai visto.

Nel 1963 partecipammo al VI Festival dei Due Mondi, a Spoleto; mio padre, per risparmiare, aveva deciso di fare a meno della mappa della città e solo quando andai in giro per comprare qualcosa di cui c'era bisogno capii finalmente il senso di quel proverbio.

Le abbanniate e i "posteggiatori"

Piazza Ballarò è il cuore del mercato omonimo, da sempre ricco di colori, suoni e odori che difficilmente si trovano altrove. Negli ultimi anni il quartiere è stato scelto da immigrati, soprattutto africani, per viverci e lavorare. Molti gestiscono empori alimentari, ma tra i vicoli si trovano anche piccoli laboratori dove si realizzano parrucche di ogni foggia e colore, botteghe di barbieri e di parrucchieri, radiotecnici, falegnami...

Le bancarelle dei fruttivendoli sono uno spettacolo, frutta e ortaggi appena raccolti danno l'impressione di sentire l'odore della terra. Arance, limoni, mandarini in abbondanza fanno capire l'origine del nome Conca d'Oro: il riflesso del sole sugli agrumeti – grazie alle bucce lucide e colorate, soprattutto quelle dei limoni – fa sì che la città sembri avvolta in un abbraccio dorato.

Più che negli altri mercati, a Ballarò si possono trovare ceste colme di verdure selvatiche, che i contadini portano dalle vicine Madonie. Le abbanniate dei venditori, che richiamano l'attenzione della gente, evocano suoni e armonie orientali:

> *Chi su beddi sti lattuchi, ci l'haiu beddi pittinati!*
> *Signura, s'arriprinnissi a cammarera, ca mi voli arrubbari*
>   *stu beddu ciuri di lattuca!*
> *Citrola, signura taliassi quant'è grossu u me citrolu!*

Finucchieddu di muntagna pi i favi a cunigghiu!
Taliati, taliati quant'è vivu stu pisci, vivu, vivu è!
L'occhi ci ha a taliari!

Come sono belle queste lattughe, sono belle pettinate!
Signora, rimproveri la sua cameriera che mi vuole
   rubare questo fiore di lattuga!
Cetrioli, signora guardi quant'è grosso il mio cetriolo!
Finocchietto di montagna per le fave a coniglio!
Guardate, guardate com'è vivo questo pesce, vivo, vivo è!
Gli occhi devi guardargli!

Ed ecco spuntare tra le bancarelle l'uomo con un paniere di canne pieno di aromi nostrani, mentre abbannìa: «Accia, menta, pitrusinu e basilicò!» (Sedano, menta, prezzemolo e basilico).

A proposito di canti e abbanniate, a Ballarò abitava un puparo costruttore che si chiamava Gino Tubia, soprannominato Dente d'Oro. Mio padre di tanto in tanto andava a trovarlo insieme a un altro oprante, Peppino Amante, che aveva il teatrino al numero 11 di vicolo Conte Federico, una traversa di via Castro.

A loro si univano Totò Spataro, di mestiere zavorriere ma eccellente sbalzatore di metalli per le armature dei pupi, e Peppino Celano, valente cuntista del quale ho già detto. Tutti e quattro raggiungevano la taverna del Bersagliere, a due passi dalla torre di San Nicolò, e bevendo e mangiando parlavano di pupi, dei "fatti" dei paladini, delle loro peripezie e delle loro avventurose vicende.

La comitiva finiva per raccogliere intorno a sé gli altri avventori, che ascoltavano rapiti quel profluvio di racconti. Finché arrivava uno dei "posteggiatori" che si esibivano in giro per la città: i posteggiatori erano suonatori ambulanti, così chiamati perché si fermavano un po' qui e un po' là, proponendo il loro repertorio ora con la chitarra, ora con il mandolino, ora con la fisarmonica. A quel punto gli opranti e il cuntista facevano una pausa e un posteggiatore intonava a grande richiesta il canto del matrimonio. L'ho ascoltato così tante volte che lo ricordo ancora:

> *Mi chiamano Nenè Mirudda dura*
> *E sugnu u figghiu di don Cecè, mastica favi.*
> *Me patri si misi 'ntesta ca m'avìa a maritari*
> *Un mi maritu no, un mi maritu no*
> *Mancu si pigghiu un terno*
> *'Nto spinciaro di Ballarò!*

Mi chiamano Nenè Cervello duro
E sono il figlio di don Cecè, masticafave.
Mio padre insiste per farmi sposare
Non mi sposo no, non mi sposo no
Neanche se vinco un terno
Alla friggitoria di Ballarò!

> *Ci fu un ricco matrimoniu a via Oretu*
> *Si maritò u immurutu e ra sciancata*
> *Chi riccu matrimonio, ci fu una festa granni*
> *Curreru li mmitati e genti di tutti banni*
> *C'è cu vulìa abballari, c'è cu vulìa sunari*
> *Si susìu zu Turiddu e si misi a bistimiari*
> *Un sacciu comu fu, a tavula abbuccò*
> *Mischinu si purtaru, si purtaru o zu Totò*
> *'Nta stu frattempu tutti i 'mmriacuna*
> *Si scularu tuttu u vini ri buttigghiuna*
> *Zzù-zzù*

C'è stato un ricco matrimonio in via Oreto
Si sono sposati il gobbo e la sciancata
Che ricco matrimonio, c'è stata una gran festa
Si presentarono invitati e gente di ogni parte
C'era chi voleva ballare, chi voleva suonare
Si alzò zio Turiddu e si mise a bestemmiare
Non so com'è successo, il tavolo si ribaltò

Poverino, si portarono, si portarono zio Totò
Nel frattempo tutti gli ubriaconi
Si bevettero tutto il vino dei bottiglioni
Zzù-zzù

A piazza del Carmine, sempre all'interno del mercato, si vendeva il pesce sotto una tettoia sorretta da colonnine di ghisa, una vera opera d'arte. Nessuno si è preoccupato di proteggerla e così, col passare del tempo e a causa delle intemperie, un pezzo oggi, un pezzo domani, la struttura è andata in rovina. Peccato. Una foto scattata nel 1933 da Dante Cappellani ce la mostra in tutta la sua bellezza, uno specchio per la memoria che ci restituisce una scheggia di passato.

Il mercato di Ballarò termina in corso Tuköry. Appena prima, si entra in via Chiappara al Carmine e si arriva sotto l'arco di Cutò, uno degli ingressi al mercato per chi proviene da via Maqueda. L'arco prende il nome dall'imponente palazzo che lo ingloba. Quando ero piccolo ci andavo spesso, perché all'altezza dell'arco, esattamente ad angolo con via Torino, c'era un negozio che vendeva, tra le tante cose, la pece greca, una polvere ricavata da una pietra pirica conosciuta in teatro soprattutto nel campo della danza, perché viene usata dai ballerini per non scivolare sul palcoscenico. Nel Teatro dei Pupi la usiamo per creare l'effetto del fuoco quando appare un diavolo o quando un castello o una città brucia. Nella camera di una pipa di latta depositiamo la polvere di pece raffinata; poi la copriamo con un coperchio forato, al centro del quale sta un mozzicone di candela accesa. Con un energico soffio nel lungo bocchino metallico la polvere esce dai fori e, a contatto con la fiamma della candela, sviluppa una combustione: ecco l'effetto fuoco, che svanisce immediatamente. L'operazione viene eseguita dall'interno di una botola ricavata al centro del palcoscenico e sembra quasi un effetto ottico, perché dura pochissimo.

Ogni volta che andavo a comprare la pece greca, mi fermavo a sbirciare l'interno di un magazzino proprio sotto l'arco: altre attività! Tante donne lavavano, stendevano e separavano per colore e lunghezza ciocche di capelli che poi annodavano nelle calotte. Mi ricordo anche che nei paesi delle province siciliane, dove montavamo il nostro teatrino, erano in tanti ad acquistare i capelli direttamente dalle donne; se compatti e lunghi li pagavano bene, ma compravano anche quelli che rimanevano nelle spazzole e nei pettini. Altri tempi: cosa non si faceva per tirare a campare. La gente si ingegnava in mestieri umili. C'erano quelli che, muniti di un bastone con uno spillo in punta, raccoglievano le cicche di sigaretta, all'epoca senza filtro: il tabacco che ne ricavavano veniva riutilizzato per fare altre sigarette. E c'erano anche quelli che raccoglievano ferro vecchio, cenci, materassi di lana bitorzoluti, oppure bottiglie di gazzosa, che rivendevano alle fabbriche.

Dove un tempo c'era la porta di Termini comincia via Garibaldi, che sbuca in piazza Rivoluzione.
Questa strada, attraversata da Garibaldi quando entrò a Palermo, fino a pochi anni fa era piena di negozi specializzati nella manifattura e vendita di coppole, baschi e cappelli di ogni foggia. La gente arrivava anche dalla provincia per comprare una coppola, che ai tempi indossavano tutti gli uomini, fin dall'infanzia, sia in contesti civili sia come copricapo da lavoro. Le persone facoltose portavano invece i cappelli.

Me matri mi cunta

Prima del 27 maggio 1860, piazza Rivoluzione era conosciuta come piazza della Fieravecchia. La sua bellezza è esaltata dalla fontana in marmo del Genio di Palermo, appollaiato sulla sommità di una roccia.

Mia madre, che abitava nel vicino cortile San Carlo, mi raccontava che un tempo la piazza era molto popolata. Le botteghe vendevano soprattutto cordami e finimenti per cavalli, muli e asini, ma anche pellami di tutti i colori, che si potevano trovare fino alla vicina via Alloro. In un angolo c'era una fontana dove gli gnuri abbeveravano i cavalli. La piazza era frequentata da artisti di strada: suonatori ambulanti, giocolieri, uomini forzuti, fachiri, ma c'erano anche le baracche dei burattini. Questi erano chiamati tutui ed erano diversi dai burattini tradizionali. Alcuni avevano anche l'armatura, come i nostri pupi, ma contrariamente ai burattini classici, che si manovrano a guanto, i tutui si muovevano per mezzo di un bastoncino, che sorreggeva il corpo, e di due bacchette fissate ai polsi. Era una tradizione diffusa durante il Regno delle Due Sicilie – un periodo ricco di sperimentazioni –, che opranti e burattinai praticavano per attirare più pubblico.

A proposito di Regno delle Due Sicilie, c'è un canto tradizionale che i fratelli Enzo e Lorenzo Mancuso intonano a cappella e che dice: «*A Napuli fannu i strummuli, mpalermo li vannu a binniri, o poviri fimmini, nun sannu a cu marità*» (A Napoli fanno le trottole, a Palermo le vanno a vendere, o povere donne, non sanno chi sposare), a testimonianza dello scambio di artisti, storie e tecniche di spettacolo tra le due città.

La descrizione della piazza che mi faceva mia madre mi ricorda il brulichio continuo di voci e colori della celebre piazza Jamaa el Fna di Marrakech, annoverata dall'Unesco tra i beni immateriali dell'umanità, proprio come l'Opera dei Pupi. Lei conosceva bene tutta la zona di piazza Rivoluzione: era lì che abitava con la sua famiglia ed era lì che aveva conosciuto mio padre, quando da bambina andava a vedere gli spettacoli che lui rappresentava in via Maestri d'Acqua, nei pressi della piazza. Si dice che ognuno di noi nasca con un destino, e questo è particolarmente vero per quello che riguarda mia madre: entrò nel mondo dell'Opra a quindici anni, sposando mio padre, che sostenne non solo nella vita familiare ma anche in quella teatrale – gestiva infatti la nostra casa-teatro. Vivendo in mezzo alle storie di cavalieri, briganti e santi, circondata dai colori per dipingere i cartelloni e dalle piume di struzzo dei cimieri dei paladini, riuscì a crearsi un mondo interiore tutto suo che probabilmente l'aiutava ad alleviare le durezze della sua faticatissima vita di teatrante girovaga.

Uno degli edifici più importanti della piazza è palazzo Scavuzzo, da poco tornato agli splendori della sua epoca. Apparteneva alla principessa Trigona, della quale conobbi la figlia perché mia nonna materna faceva parte del personale di servizio. Quando mia madre era impegnata in teatro, mi affidava per qualche ora a mia nonna e io giocavo insieme ad altri bambini nell'atrio del palazzo, il cui portone rimaneva chiuso. Si spalancava solo quando la principessa arrivava in automobile. Noi la guardavamo a bocca aperta mentre saliva al piano nobile. La rivedo sempre elegante, con tailleur scuri e piccoli cappelli che coprivano, ma solo in parte, i capelli raccolti. Qualche volta ci domandava di chi fossimo figli e ci regalava delle caramelle.

Negli anni cinquanta il nostro teatrino si trovava in cortile Schiavuzzo, di fronte all'ex convento dello Schiavuzzo (1637), poi diventato sede dell'Istituto d'arte e oggi trasformato in residenza universitaria. Intorno a questo cortile i bombardamenti avevano distrutto diversi palazzi. Nel retro di uno di questi mio padre, utilizzando i conci di tufo recuperati dalle macerie, aveva ricavato una piccola sala per gli spettacoli e due stanzette dove abitava con tutta la famiglia: sette figli più papà e mamma e trecento pupi.

Il nostro teatrino era in quegli anni l'unico luogo frequentato dal pubblico dei vicoli. Mio padre rappresentava il ciclo della Storia dei Paladini di Francia, ma c'erano anche serate speciali con spettacoli come *Giulietta e Romeo*, *San-*

ta Margherita da Cortona, Tullio Frecciato, Pia de' Tolomei. L'esperienza durò poco perché flipper, biliardini e jukebox invasero la città e per noi cominciò un'altra storia, quella di "pupari e opranti camminanti".

Tutta quella zona veniva chiamata "u sdirrubbato" (tutto distrutto), per via delle macerie lasciate dalla guerra: la speculazione edilizia era già iniziata e un'impresa riuscì a costruire un palazzo di quattro piani che avrebbe dovuto essere il primo di una serie. Per fortuna, i lavori vennero bloccati: oggi l'area è stata recuperata e sui ruderi del passato sono stati realizzati il Giardino dei Giusti e altre abitazioni.

La mia scuola elementare si trovava in piazza Magione. Attraversavo via Castrofilippo, ricca di attività artigiane e di botteghe di merceria, sacchi di juta, carbone, depositi di calcina e, superati un chioschetto di gelati e un forno a legna, mi trovavo dinanzi al teatro Garibaldi, che in quegli anni funzionava come cinema. Qui vidi tutti i film di Totò, ma anche quelli di Ercole, Ursus e Maciste.

Con il pretesto di abbellire Palermo, il famigerato sindaco Ciancimino e la sua amministrazione abbatterono i palazzi danneggiati dalle bombe, ma anche quelli ancora abitati da gente modesta, che dovette trasferirsi negli anonimi condomini di neonati quartieri popolari come lo Zen e Borgo Nuovo. Nel nefasto disegno della politica era previsto un attraversamento stradale che avrebbe collegato corso dei Mille al porto, dunque per realizzare questo progetto si sarebbe dovuto sventrare l'antico tessuto urbanistico di tutta quell'area densa di palazzi storici e monumenti.

Dalle finestre della scuola vedevamo abbattere le palazzine una dopo l'altra, con pale meccaniche fissate alle gru. Il maestro ci raccomandava di non calpestare le aiuole, ma intorno a noi sradicavano magnifici alberi secolari. Lo scempio fu tale che la gente cominciò a indignarsi, con la conseguente nascita di movimenti politici di opposizione. Tuttavia, a bloccare le demolizioni non furono gli oppositori politici ma le suore di clausura del monastero della Sapienza, che si rifiutarono di abbandonare le loro celle: avrebbero preferito piuttosto essere sepolte vive. Fu così che i lavori di sventramento si fermarono e il quartiere della Magione rimase per lunghi anni una landa deserta, paragonata da molti alla Beirut devastata dalle bombe. Restarono in piedi, al centro della piazza, soltanto il convento e la basilica della Santissima Trinità del Cancelliere, comunemente conosciuta come chiesa della Magione.

Realizzata nel 1191 da maestranze e da artisti di origini islamiche, probabilmente inglobando una preesistente moschea, la Magione ha un portale barocco che introduce i fedeli in chiesa attraverso un vialetto alberato. Tra chiesa e convento c'è un suggestivo chiostro, unica testimonianza dell'originario monastero del XII secolo. Quella chiesa era la mia parrocchia, ed è qui che ho fatto la prima comunione.

Per l'occasione, mio padre mi aveva regalato il mio primo orologio da polso e mia madre un paio di scarpe nuove, bellissime, con i lacci. La domenica seguente, insieme a mio cugino Nunzio – figlio adottivo di una sorella di mia madre – decidemmo di andare a fare il bagno nella caletta vicino alla banchina degli americani, all'Antemurale, dove avrei fatto vedere a Nunzio quanto ero bravo a tuffarmi.

Di solito i vestiti si lasciavano dentro una cassetta di legno, di quelle delle gazzose, in un piccolo locale al numero 3 di piazzetta delle Dogane, proprio di fronte alla chiesa della Catena, gestito da un'anziana signora (noi infatti dicevamo «andiamo 'nta vecchia», dalla vecchia). L'ingresso era piccolo e scurusu, si poteva entrare non più di due alla volta. Un po' di luce e aria passavano dall'unica, minuscola finestra quadrata, sopra la porta, con un'immagine di santa Rosalia.

Prima di entrare all'Antemurale c'era la banchina pilusa. La chiamavamo così perché era piena di lippu, un muschio scivoloso che, se non stavi attento quando entravi in acqua, ti faceva finire con il culo a terra o in ospedale. Quel giorno decidemmo di risparmiare i soldi che davamo alla vecchia e nascondemmo gli abiti sotto una montagnetta di ciottoli.

Un tuffo di qua, un tuffo di là, un salto di qua, un doppio salto di là, non ci accorgemmo che intanto erano arrivate altre persone. Quando le nostre labbra erano diventate quasi blu dal freddo e stava calando il sole, decidemmo di uscire dall'acqua; ma la montagnetta di ciottoli non c'era più, e nemmeno i vestiti, tantomeno l'orologio che avevo nascosto nella tasca dei pantaloni.

Consapevoli che giunti a casa le avremmo buscate, ce ne andammo piangendo e in mutande.

Quando mia madre mi vide arrivare e seppe del furto, mi fece un altro regalo: un morso sul polso destro che mi lasciò il segno di un altro orologio, fatto però con i suoi denti.

I miei nonni materni, Nino e Anna, abitavano in via Vetriera. Fino agli anni sessanta, la vita nei quartieri popolari era molto semplice; i rapporti umani erano fondati sull'amicizia disinteressata, mentre le donne trovavano nella condivisione col vicinato un reale momento di integrazione, anzi l'unica forma di mutuo sostegno e assistenza, non solo nel lavoro ma in generale in molti frangenti della vita. Mia nonna sapeva leggere e scrivere, in tanti andavano a trovarla per farsi leggere le lettere dei parenti emigrati o per farsi scrivere le risposte.

All'inizio del secolo, nelle famiglie popolari le donne venivano date in spose poco più che bambine. Il loro principale compito era generare figli e badare alla casa, non era quindi importante che sapessero leggere e scrivere; mia nonna invece aveva imparato e le piaceva leggere ad alta voce e commentare, tanto che nei pomeriggi d'estate davanti alla sua porta si raccoglieva tutto il vicinato. Donne e bambini si portavano la sedia da casa e, con grande attenzione, seguivano la lettura de *I promessi sposi*, *La stra-*

ge degli innocenti, La sepolta viva e altre storie avventurose e commoventi.

Mio nonno Nino di mestiere faceva il falegname, poi si mise a costruire giocattoli. Sistemava il bancone di lavoro sulla soglia di casa, si sedeva su uno sgabello e fabbricava carrettini, omini sul monociclo, uccelli che sbattevano le ali e i famosi Pulcinella battimanine.

Stare a casa dei nonni era una festa, perché nonno Nino mi coinvolgeva affidandomi dei lavoretti e mi raccontava le storie dei personaggi che intanto costruiva. Maneggiava un Pulcinella battimanine e facendolo camminare sul bancone canticchiava:

«Batti i manini ca veni u papà
Porta cusuzzi e sinni va
Porta mennuli e nuciddi
Pi ghiucari sti picciriddi».

Batti le manine che viene papà
Porta cosine e se ne va
Porta mandorle e nocciole
Per far giocare questi bambini

Oppure mi toccava i piedi e scandiva:

«Peri uno, peri due, peri tri, peri quattru, peri cinqu, peri sei, peri sette, perottu, tappiti, frische e un viscottu». Poi mi prendeva il naso tra le dita e diceva: «Chistu è u viscottu» (Questo è il biscotto).

O cantava:

Chiovi, chiovi
A pasta chi fasoli
Titidda si vagna ca coppula i so nanna
So nanna murìu
E chiddu chi voli Diu.

Piove, piove
La pasta coi fagioli

Titina si bagna con la coppola di sua nonna
Sua nonna è morta
Sia fatta la volontà di Dio

Quando aveva molto lavoro e io gli chiedevo: «Nonno, mi cunti un cuntu?» (Mi racconti una storia?), mi accontentava con il racconto più breve che conosceva:

C'era una vota una vicchiaredda
Chi cuseva a quasittedda
Ci scappò un puntu
E dumani tu cuntu.

C'era una volta una vecchietta
Che rammendava una calzetta
Le scappò un punto
E domani te lo racconto.

Oppure:

C'era una vota un vicchiareddu
Chi manciava pani e pruna,
Cu l'ossu s'affucò,
E tutti i causi si cacò,
si cacò 'nto litticeddu
botta di sali o vicchiareddu...

C'era una volta un vecchino
Che mangiava pane e prugne,
Con il nocciolo si strozzò,
E tutti i pantaloni si cacò,
Si cacò nel lettino
Maledizione al vecchino...

e io ridevo.

Al numero 57 di via Vetriera c'era la farmacia della famiglia del giudice Paolo Borsellino.

Nel libro *Il valore di una vita*, che Umberto Lucentini ha scritto con Agnese, Lucia, Manfredi e Fiammetta Borsellino a un anno dalla strage, ci sono alcune testimonianze che mi hanno riportato nei luoghi della mia infanzia. E quando poco tempo dopo la signora Agnese mi chiese di raccontare di suo marito, per me è stato naturale parlare più della sua infanzia che della sua morte. Il giudice Borsellino aveva vissuto la stessa Palermo dei miei ricordi, aveva respirato lo stesso clima, probabilmente da bambino aveva giocato negli stessi spazi in cui avevo giocato io e, sebbene in ambiti diversi, entrambi avevamo ricevuto la stessa spinta a realizzare le nostre aspirazioni.

Lo Spasimo

Anticamente, in via dello Spasimo abitavano i pescatori. La via prende il nome dal complesso conventuale intitolato a santa Maria dello Spasimo, che in origine, su un terreno di proprietà del giurista De Basilicò, avrebbe dovuto comprendere la chiesa e l'annesso convento.

Il progetto originario del xvi secolo era molto ambizioso. Prevedeva una serie di strutture – chiostri, refettorio, dormitorio, orti, orticelli e diversi laboratori per le necessità dell'ordine. Difficoltà economiche e difficoltà oggettive allungarono i tempi di costruzione e alterarono quel progetto. Di fatto, l'opera rimase incompiuta. Tra le varie destinazioni a cui il monumento fu assegnato nei secoli, ricordo la funzione di lazzaretto, in occasione della grande epidemia di peste del 1624, e quella di ospedale meretricio (riservato alle prostitute affette da sifilide), attivo fino a quando ero ragazzo. Nel 1988 cominciarono i restauri che lo hanno restituito alla cittadinanza, destinandolo ad attività culturali.

Dallo Spasimo alla Kalsa il passo è breve. In epoca araba, la piazza della Kalsa era il cuore pulsante della città. Compresa tra i fiumi e il mare, questa zona conteneva la cittadella fortificata dell'emiro, alla quale si accedeva per mezzo di quattro porte. Ancora oggi, dopo secoli, vi si respira l'antica cultura araba, con suoni, colori e odori provenienti dai chioschi sparsi nella piazza. Sembra il nucleo di un paese dove è possibile ascoltare la voce antica delle abbanniate¹ e un dialetto che negli accenti differisce leggermente da quello degli altri quartieri della città.

Dalla piazza si vede porta dei Greci, che guarda il mare. Svettano il palazzo Forcella-De Seta e, dall'altra parte, la chiesa di Santa Teresa.

Palazzo Forcella-De Seta mi è caro perché è legato al ricordo di un importante episodio personale e professionale. Era il 1973 e, davanti a un consesso di antropologi ed etnomusicologi, il mio maestro Giuseppe Celano mi invitò a fare il mio primo cunto, al termine del quale mi regalò la sua spada. Fu una svolta nella mia vita, un nuovo inizio, l'affacciarmi su un mondo inesplorato e la scoperta della capacità infinitamente evocativa della parola.

La facciata della chiesa di Santa Teresa è una delle espressioni più alte del barocco palermitano. In una stradina ad angolo, nel 1958 mio padre aveva aperto un teatrino di pupi. Il mio compito era suonare il piano a cilindro, come è tradizione per i figli degli opranti prima di calcare le tavole del palcoscenico. Prima, però, dovevo andare a comprare calia e simenza nella vicina piazza dello Spasimo, distribuirle nei cuppiteddi (piccoli coni di carta) e riporli in una cesta che tiravo fuori quando si abbassava il fondino (siparietto) tra una scena e l'altra dello spettacolo, per venderli agli spettatori.

La strada in cui si staglia la chiesa è via Torremuzza. Di fronte, ci sono l'ex chiesa di San Mattia e l'ex noviziato dei Crociferi, un unico complesso architettonico che quando ero ragazzo ospitava la centrale della polizia urbana con tutti i suoi uffici e i mezzi di servizio. Un lato del complesso si affaccia direttamente sul Foro Italico, che noi palermitani chiamiamo 'a Marina. Da quando è stato restaurato, l'ex noviziato è sede dell'ufficio comunale del centro storico, mentre nella chiesa si celebrano matrimoni civili e funerali laici, si tengono concerti, si allestiscono mostre e hanno luogo performance teatrali.

Nel 2014 l'amministrazione del sindaco Orlando me l'aveva affidata con l'intento di far nascere un Centro di Teatro di Figura, all'interno del quale rappresentare i miei spettacoli per la grande scena e ospitare compagnie di altre tradizioni del teatro di figura del mondo. Ma il sogno è durato poco: la lettera di assegnazione non è mai stata firmata e, appena un anno dopo, l'amministrazione ha rivoluto indietro lo spazio.

Il prosieguo di via Torremuzza è via Butera. Qui si trova il palazzo dei principi di Butera, una dimora davvero regale di impianto settecentesco. Il palazzo, con i suoi magnifici saloni affrescati, ha vissuto i fasti e la mondanità della Belle Époque. Il teatrino siciliano che dava il nome a uno di questi saloni, nel 1905 venne trasportato a Parigi per desiderio di Ottavio Lanza Branciforte, duca di Camastra, che vi si era stabilito in seguito alle nozze con una nobildonna francese. Il fondale di scena rappresenta un paesaggio tipicamente siciliano: la sagoma di Monte Pellegrino, la Conca d'Oro, e poi agavi, palme, fichidindia. I duchi ne avevano in seguito fatto dono all'ambasciata italiana.

Nel 1967 – non avevo ancora compiuto diciannove anni –, mio padre fu invitato a inaugurare questo salone con uno dei nostri spettacoli. Gli organizzatori, il professor Alfred Silbermann e il maestro Cesare Brero, erano convinti che il Teatro dei Pupi di tradizione ottocentesca sarebbe stato il miglior modo per celebrare l'apertura di un tesoro come il teatrino di palazzo Butera. Ed effettivamente avevano ragione: il successo fu enorme, la stampa parigina diede ampio risalto, osservando tra l'altro che in quell'occasione si sarebbe potuto tenere un Consiglio di Stato, considerato il numero di ministri presenti. Quell'esperienza è stata per me una grande finestra aperta sul mondo e ha segnato la mia vita. Dopo questo evento, il bibliotecario dell'Istituto Italiano di Cultura, Enrico Panunzio, convinse mio padre a lasciare a Parigi alcuni pupi e la struttura del nostro teatrino. Insieme a Giuseppe Arini, aiutante di mio padre, rimasi nella capitale francese per sei mesi, e nella cantina della Librairie 73, in boulevard St Michel, di fronte al Jardin du Luxembourg, diressi gli spettacoli fino al mio rientro in Italia, quando fui chiamato per il servizio di leva.

Quando palazzo Butera era ancora di proprietà della famiglia Moncada, con la mia Associazione Figli d'Arte Cuticchio vi abbiamo organizzato l'ottava edizione del festival teatrale La Macchina dei Sogni, utilizzando i due cortili e le ex stalle, mentre uno spettacolo itinerante, pensato per il piano nobile del palazzo, esaltava la magnificenza dei saloni.
    Dopo un periodo di incertezze, il palazzo è stato acquisito dal collezionista Massimo Valsecchi e presto diventerà una galleria d'arte e una sede per attività culturali.

Lungo le mura del palazzo si distende la passeggiata delle Cattive, da *captivae*, appellativo che si attribuiva alle nobili vedove costrette a una vita ritirata: l'unico diversivo concesso era passeggiare su e giù per le mura, lontano da occhi indiscreti.
    In via Alloro torna la memoria di un'altra esperienza professionale, nella chiesa barocca della Madonna della Pietà. Era il 1994 e l'amministrazione comunale mi aveva affidato la direzione artistica del Festino di Santa Rosalia e delle manifestazioni per l'estate in città. Dall'inizio delle celebrazioni del Festino – l'11 luglio – alla festa della santa – il 4 settembre –, feci appello a tutta la mia immaginazione e a tutta la mia arte per rappresentare il profondo sentimen-

to di devozione che lega i palermitani alla loro protettrice. La mia idea era partire dalla Palermo di oggi per ricercarvi le tracce del passato e la capacità immaginifica dei suoi abitanti. Nella scelta dei luoghi dove mettere in scena gli spettacoli e dare corpo alla ritualità della festa, tenni conto di quegli spazi monumentali e iconici che per i palermitani rappresentano valori e testimonianze imprescindibili, ma cercai anche di far riscoprire e rivalutare alcuni spazi dimenticati, per anni sottratti alla partecipazione pubblica. La loro riapertura ha contribuito a riannodare il filo spezzato di tradizioni e usanze radicate nel tessuto culturale e urbano di Palermo.

Uno di questi spazi fu proprio la chiesa della Madonna della Pietà, all'interno della quale è custodita una statua lignea di santa Rosalia, che portammo in processione lungo tutta la costa, dal porto alla Bandita, per sottolineare come la città, pur avendo un nome (Panormus) che significa "tutto porto", abbia perduto il suo legame col mare. Con mia grande soddisfazione, lungo la Marina si radunò una folla mai vista; i palermitani dimostrarono la propria devozione alla santa ma anche a quei luoghi che ritrovavano e di cui si riappropriavano.

Palazzo Abatellis si sviluppa su due livelli attorno a un cortile centrale, sul quale insiste un bellissimo loggiato a due ordini. Subì gravi danni durante la Seconda guerra mondiale e dopo il restauro, affidato a Carlo Scarpa, la Soprintendenza ne ha fatto una galleria d'arte: all'interno sono custodite opere di straordinaria bellezza e grande pregio, a cominciare dall'*Annunciata* di Antonello da Messina e dal *Trionfo della Morte*, un imponente affresco di autore ignoto realizzato intorno al 1450 a palazzo Sclafani e successivamente trasportato all'Abatellis. Dal 1954 è il nostro Museo Regionale.

Il *Trionfo* di Palermo – che ha stimolato da sempre l'immaginario di artisti, studiosi e letterati – ripropone il tema cruciale della *vanitas*, della fragilità dell'esistenza di fronte alla Morte, che avanza inesorabile senza guardare in faccia nessuno, ricchi e poveri, potenti e cortigiani. Contemplando il dipinto ci rendiamo conto di quanto la *vanitas* sia attuale in un'epoca di incertezze e di crisi come la nostra.

Poco più in là, la chiesa e il convento della Gancia, fondato intorno al 1212 come ricovero per i frati pellegrini ma anche per quelli che risiedevano nel convento di Santa Maria del Gesù, sotto Monte Grifone, che per la distanza dal centro erano anche loro considerati forestieri. Questo complesso, al di là del valore architettonico, viene ricordato per la funzione avuta durante i moti insurrezionali del '48. E qui non ci si può non collegare con la Buca della Salvezza e con quello che già nelle prime pagine di questo racconto è stato scritto a proposito di piazza XIII Vittime.

Purtroppo, la storia dell'umanità è segnata dal tradimento: a volte in funzione di una meschina convenienza, a volte indotto dalla tortura. La rivolta della Gancia, scoppiata il 4 aprile 1860, la si preparava da mesi in varie parti della Sicilia, dove si erano costituiti alcuni comitati segreti. A Palermo agivano una decina di sezioni, che si riunivano in magazzini sparsi per la città dov'erano state ammassate armi e munizioni. La sezione principale si trovava in un magazzino all'interno del convento della Gancia, preso in affitto da Francesco Riso. Che i monaci nulla sapessero di quel movimento di uomini e mezzi sembra improbabile. Uno di loro, a quanto pare, tradì. Alla vigilia della rivolta, la polizia, informata di quanto si stava tramando nel convento, lo circondò attaccando i rivoltosi mentre uscivano dalla chiesa. Due di loro, Gaspare Bivona e Filippo Patti, nel tentativo di sfuggire alle guardie borboniche si rifugiarono nella cripta, da dove uscirono qualche giorno dopo attraverso un foro praticato nel muro che dà su via Alloro. Se pensiamo al modo in cui si salvarono, bisogna proprio dire che a volte la realtà supera la fantasia: due donne del quartiere, accortesi dei due patrioti nascosti, simularono una rissa distogliendo la vigilanza. I due, aiutati dall'esterno, riuscirono ad allargare il foro e a fuggire.

Pupi di farsa e pupi armati

In piazza Marina campeggiano gli imponenti *Ficus magnioliodes* secolari di villa Garibaldi. Questa splendida piazza, delimitata da alcuni palazzi nobiliari (Steri, Galletti e Fatta), un tempo non esisteva; fin lì, infatti, arrivava il mare e parte dello spazio era una palude. Nel Medioevo, in seguito ai lavori di bonifica, si venne a creare un ampio terreno utilizzato dalla Santa Inquisizione per le esecuzioni capitali dei condannati provenienti dalle prigioni del vicino palazzo Steri.

Nell'ultimo trentennio del Settecento, il luogo beneficiò dell'attenzione di tutta Europa per via dei cosiddetti Casotti di li vastasi, teatri di legno con tanto di palchetti e gradinate nei quali le compagnie di teatro popolare rappresentavano i loro spettacoli.

La più nota era quella di Marotta-Perez: il primo ideava e scriveva i testi delle farse o delle commedie; il secondo, sarto a tempo perso, interpretava le parti di Nofrio, che perfezionava osservando i vastasi (gli scaricatori di porto) che oziavano all'angolo di via dei Chiavettieri.

Per ottenere i permessi di rappresentazione scrivevano alle autorità competenti che si trattava di "opere serie e oneste", buone a far divertire il "pubblico basso", impossibilitato ad assistere ad altri spettacoli. I testi, in realtà, oltre che divertenti erano anche provocatori, vere e proprie satire, tanto che molti incappavano nelle maglie della censura. Alcuni capocomici coinvolgevano i pupari, innanzitutto perché avevano capito che – a differenza degli attori in carne e ossa

– ai pupi era consentito dire tutto, e poi per mettere in scena azioni con draghi, diavoli, sirene... Il passaggio storico tra il pupo in paggio (cioè senza armatura) e il pupo armato coincide proprio con l'avvento del nuovo secolo.

Lo Steri, per l'importanza che ebbe nella vita della città, influenzò la stessa definizione del quartiere arabo della Kalsa, comunemente chiamato Mandamento dei Tribunali. Oggi è sede del Rettorato dell'Università di Palermo, ma fino al 1782 fu luogo di pena. Nella maggior parte dei casi i condannati non erano né eretici né delinquenti. Il Tribunale dell'Inquisizione era lo strumento repressivo di un potere che dispensava tortura e morte per incutere terrore e scoraggiare qualunque dissenso. Tanti poveri innocenti morirono senza neanche capire il perché.

Nelle sue celle sotterranee, aperte al pubblico da pochi anni, si possono ancora leggere le suppliche, le maledizioni, le testimonianze di sofferenza incise o dipinte sui muri con gli strumenti e i materiali più disparati: un pezzo di carbone, un chiodo, resti di cibo, persino sangue ed escrementi. Le celle dell'Inquisizione hanno prodotto un'impressionante "scrittura della resistenza", che documenta la sofferenza e la solitudine dei condannati in attesa di giudizio o della propria esecuzione, ma anche un impressionante atlante di immagini e riflessioni sui temi della penitenza, dell'espiazione e del perdono, poiché nella maggior parte dei casi si tratta di immagini allegoriche o satiriche a sfondo religioso e di preghiere, citazioni bibliche e pensieri scritti in siciliano, latino, inglese, ebraico.

Io credo che ci siano alcuni luoghi-simbolo dove la storia sembra addensarsi, calamitare sentimenti diffusi fino a occupare un posto di particolare rilievo nella memoria collettiva. Lo Steri di piazza Marina possiede proprio questo potere evocativo. Sarà anche per questo che all'inizio dell'Ottocento ne furono attratti diversi pupari. Si racconta infatti che, per la costruzione delle armature dei pupi, i pupari si fossero ispirati alle figure di dame e cavalieri dipinte sul soffitto ligneo della Sala Magna, una vera e propria enciclopedia visuale del sapere che racconta storie cavalleresche, testi biblici, rivisitazioni medievali dei poemi omerici e degli antichi miti. Non tutti sanno che i pupi, così come sono arrivati a noi, nascono nel primo quarto dell'Ottocento. Prima, come dicevo, erano in paggio, ovvero senza armatura. A trasformarli in paladini, per raccontare le storie dei reali di Francia, secondo la maggior parte degli studiosi e degli opranti sarebbero stati don Gaetano Greco e don Liberto Canino. Tuttavia, trattandosi di una tradizione legata all'oralità, ancora oggi non è possibile stabilire con esattezza il periodo e il luogo di nascita dei pupi armati, né tantomeno attribuire loro una paternità certa.

Piazza Marina è anche il luogo dove, in epoca recente, fu ucciso Joe Petrosino, il poliziotto italiano che con la propria famiglia emigrò negli Stati Uniti, dove divenne il simbolo della lotta contro la Mano nera, un'organizzazione criminale precorritrice della mafia. Le sue indagini lo condussero a Palermo, dove trovò la morte, il 19 marzo 1909, per mano di sconosciuti.

Petrosino aveva appena lasciato il ristorante dove aveva cenato e si accingeva a superare villa Garibaldi per raggiungere l'Hotel de France, dove alloggiava. Fermatosi lungo il tragitto in una zona buia, per fare pipì, fu raggiunto da un sicario che lo colpì alle spalle. In quell'angolo, lungo il perimetro della villa, una targa ne ricorda oggi il sacrificio.

Piazza San Francesco d'Assisi prende il nome dalla basilica costruita nel XIII secolo, con l'arrivo dei frati francescani a Palermo. Permettetemi una nota personale: guardando questa chiesa, il mio pensiero va a uno spettacolo che misi in scena con il mio fraterno amico Salvo Licata nell'ormai lontano 1992. Per l'occasione mi trovai a frequentare spesso l'Officina di Studi Medievali, che ha sede proprio nel complesso monumentale della basilica. Sulla scorta delle fonti storiche, Salvo e io immaginammo che due confratelli giungessero nella zona dell'antico porto di Palermo la sera del 13 settembre 1224, vigilia del giorno in cui Francesco ricevette le stimmate e, sollecitati dalla curiosità della gente, narrassero la vita del santo. Nella rappresentazione mettevamo in evidenza la vita popolare di quel periodo in una Palermo funestata da conflitti sociali violentemente repressi da Federico II, impegnato a ristabilire l'autorità imperiale. Il francescanesimo mi ha dato la possibilità di valorizzare le potenzialità comunicative ed espressive dell'Opera dei Pupi. Non potrò mai dimenticare l'intesa umana e, appunto, francescana che quell'anno Salvo e io trovammo con i padri Basilio Randazzo e Diego Ciccarelli.

Fino a una trentina d'anni fa, via Alessandro Paternostro era la strada delle valigie, dei bauli, delle borse da viaggio. Oggi sono rimasti solo pochi ostinati artigiani che, come me, credono ancora che la rinascita del centro storico non possa essere affidata solo alla gastronomia.

La chiesa dei Cocchieri – poco più in là, in via Alloro – è dedicata alla Madonna dell'Odigitria ed è nota soprattutto per la processione della Passione del Venerdì Santo. I fercoli della Madonna Addolorata e del Cristo morto vengono portati a spalla dai confratelli, vestiti con livree che ricordano quelle dei nobili casati e con i capelli coperti di borotalco come fossero parrucche settecentesche. Da ragazzo partecipai anch'io al corteo storico che accompagnava la processione.

Tra le dimore nobiliari di via Alloro spicca palazzo Aragona, che negli anni ha cambiato più volte destinazione d'uso: una delle più recenti è stata quella di albergo di lusso. Sulla facciata campeggia ancora l'insegna HOTEL PATRIA. Dismesso l'albergo, l'atrio e i corpi bassi furono trasformati in un ristorante frequentato da artisti e intellettuali. Nel periodo in cui Visconti girò *Il Gattopardo* (1962) la produzione vi stabilì il suo quartier generale.

Mio padre prese parte alla realizzazione del film insieme a una squadra di macchinisti e scenografi, e io, poiché non avevo ancora compiuto quindici anni – età minima per iscriversi all'ufficio di collocamento dello spettacolo –, venni coinvolto come addetto alla distribuzione dell'acqua durante le riprese. Con la brocca in mano, versavo da bere a tutti, comparse incluse.

La prima volta che vidi Burt Lancaster fu un'emozione indescrivibile. Giovane, bello e atletico, era stato un acrobata di circo per tanti anni; era il mio attore preferito, avevo visto tutti i suoi film d'avventura. Durante le pause della famosa scena del ballo, girata a palazzo Gangi, l'attore andava a sedersi proprio all'Hotel Patria, il cui cortile era stato arredato con divani e tavolini. Approfittando del mio ruolo, gli stavo vicino e quando era possibile lo accompagnavo a piazza Croce dei Vespri, da dove si accedeva a palazzo Gangi, tra una folla di curiosi che lo guardava ammirata, mentre io lo seguivo imitandone la postura e l'andatura. Sono ricordi che non potrò mai cancellare, infatti la danza tra Francesco II, ultimo re delle Due Sicilie, e Maria Sofia, che ho inserito nel mio spettacolo *O a Palermo o all'inferno*, è proprio un omaggio a quel famoso ballo al quale ho assistito di persona.

In piazza Croce dei Vespri si trova la GAM, la galleria civica dedicata all'arte moderna e contemporanea. Tra il museo e la chiesa di Sant'Anna c'è un arco chiuso da un cancello. Un tempo era un passaggio (cortile del Convento) che portava a piazza Cassa di Risparmio, meglio nota come piazza Borsa. Fino a pochi anni fa quest'atrio ospitava tante botteghe di pellami, stracolme di solette, tomaie, modellini per le montature, tacchi, sopratacchi. C'era anche un salone dove i preti proiettavano soprattutto film d'avventura, ma anche film romantici, spesso epurati delle scene che consideravano scabrose. Nel dopoguerra, e fino agli anni settanta, piazza Sant'Anna e le vie adiacenti pullulavano di botteghe e baracche in cui si vendevano tende da campeggio, cerate, zaini, zainetti, borracce, gavette, cinture, anfibi, giacche, coperte, camicie, calzini, pantaloni, berretti e altri capi militari, nuovi e usati. Ad acquistare questo tipo di abbigliamento – molto pratico, resistente e dai colori scuri – erano soprattutto i contadini, che arrivavano apposta dai paesi della provincia, ma anche i giovani che volevano attrezzarsi per il campeggio o che cercavano una giacca mimetica, negli anni settanta molto di moda, a buon prezzo. In quella zona si trovava la bottega di un arrotino, dove mio padre mi mandava per molare le forbici con cui tagliavamo le lastre di metallo che servivano per realizzare le armature dei pupi.

Altre vie, altre merci: in via dei Calderai fanno bella mostra di sé ogni sorta di tegami, pentole, bracieri, catini, bacinelle, grondaie e altri utensili di rame, alluminio e lamiera zincata. Fino agli anni sessanta, via Giardinaccio era invece interamente occupata da sedie di legno – piccole, grandi, a sdraio, di paglia, intrecciate, laccate, verniciate – ammucchiate dentro e fuori le botteghe, in attesa di lavorazione o pronte per essere caricate e distribuite per la vendita.

L'ingegnere

Fin dal X secolo, a Palermo esisteva una compatta comunità ebraica distribuita in due rioni: la Meschita e la Guzzetta, entrambi lungo le rive del Kemonia. La Meschita si estendeva tra via Giardinaccio e via dei Calderai. In via Maqueda, dove oggi si trovano la chiesa e il convento di San Nicolò da Tolentino, c'era anche una sinagoga.

Oltre via Giardinaccio, in via Divisi, si costruiscono e si riparano biciclette da sempre. Da piccolo, insieme ai miei compagni, venivamo qui a noleggiare per qualche ora una bicicletta con la quale giravamo intorno alla fontana di piazza Rivoluzione; al ritorno ci fermavamo dal panellaro accanto a Bastiano, che affittava agli ambulanti piccoli carretti trainati da asini. Noi ragazzi preferivamo comprare lì la focaccia, perché ci sembrava più ricca di panelle; in realtà era solo un'illusione: le panelle, tagliate in due e sovrapposte, davano solo l'impressione che il panino fosse più pieno. La friggitoria era davvero spettacolare: appesi in alto, vicino all'ingresso, c'erano mazzi di aromi e, se era stagione, grosse melanzane tagliate ad arte che sembravano uccelli (infatti venivano chiamate quaglie). Nel bancone facevano bella mostra melanzane fritte tagliate a fette, le felle. Tra ragazzi, quando si litigava, suonava minacciosa la frase: «Accura ca ti mettu a cazzilla 'mmenzu i felle». (Attento che ti metto il pisello in mezzo alle natiche.)

Poco noto ma sorprendente, l'Archivio Storico Comunale – in via Maqueda – è un edificio molto suggestivo, con un'imponente struttura che si sviluppa verso l'alto tra scaffalature, scale a chiocciola e balconate. Si accede a manoscritti medievali, lettere autografe di personaggi del Risorgimento, atti del senato, regolamenti del Consiglio comunale e, più in generale, documenti sulla storia politica ed economica della città.

La sala grande, opera dell'ingegner Damiani Almeyda (1834-1911), è uno spazio fra i più suggestivi di Palermo. Si ha l'impressione che il tempo si sia fermato, vengono in mente *Il nome della rosa* e *L'ombra del vento*. A quanto pare, un tempo questa struttura faceva parte della sinagoga del quartiere Meschita. Di fronte si trova via del Ponticello, chiamata così per via del passaggio pedonale che sormontava il Kemonia. Percorrendola si arriva alla chiesa del

Gesù, nota come Casa Professa, sotto la quale pare scorra una vena del fiume. Accanto alla fastosa chiesa barocca si trova la Biblioteca Comunale, ospitata nell'ex convento dei gesuiti. Anche questo è un luogo di cultura e di memoria, riaperto al pubblico da pochi anni dopo lavori di restauro e di messa in sicurezza. Il suo atrio è utilizzato, nelle serate estive, per ospitare concerti di musica classica.

A piazza Bellini, la bellezza è tale che si rimane in silenzio per la commozione. Da sola, testimonia non tanto la "straordinaria, meravigliosa bellezza del Creato" – come diceva Pasolini nel film *Cosa sono le nuvole* –, quanto quella che l'uomo ha saputo creare. Qui si realizza la somma degli stili che caratterizza l'arte siciliana del Medioevo, fiorita sotto la dominazione normanna e prodotta da maestranze di cultura araba e musulmana.

La sobria nudità delle mura disadorne di San Cataldo sembra fare da contraltare allo sfolgorio dei mosaici di Santa Maria dell'Ammiraglio (la Martorana), con il suo Cristo Pantocratore al centro della cupola.

E che dire della magnificenza di Santa Caterina d'Alessandria? Un esemplare in puro stile barocco, con il suo monastero in cui le mura, i marmi, gli oggetti di vita quotidiana, le opere d'arte, le cere narrano la sua storia e la vita delle suore domenicane di clausura a chi possiede occhi attenti e capaci di immaginare. Santa Caterina era l'unica chiesa della città che si apriva solo il Giovedì Santo, per le preghiere pasquali. Fu in una di queste sere che ebbi la fortuna di entrarci: abbagliato dai marmi policromi, dalle statue, dalle colonne, mi sentivo come un archeologo che, dopo aver scavato per una vita, scopre intatta la tomba di un faraone.

Nel 2016, dopo settecento anni di chiusura e dopo che le ultime tre suore centenarie sono state trasferite, il convento e la chiesa sono stati riaperti al pubblico. Oggi il complesso è gestito da una cooperativa legata all'Ufficio dei Beni Culturali dell'Arcidiocesi di Palermo: i proventi delle visite guidate sono destinati al restauro e alla manutenzione degli spazi. Recentemente, con la mia associazione, vi abbiamo organizzato la trentacinquesima edizione del festival di teatro di figura e di narrazione La Macchina dei Sogni e per l'occasione ho montato uno spettacolo itinerante. Ho pensato alle vite delle monache, al triste destino delle cosiddette "repentite", suore per vocazione o costrette all'abito monacale, alle tante bambine recluse fin dall'infanzia e a quelle abbandonate alla ruota, insomma a quella popolazione femminile che a Santa Caterina arrivò a contare addirittura quattrocento anime. Le ho immaginate mentre da sole giocavano sotto il cielo del chiostro, dove credevano vivesse il Signore.

Nella piazza c'è anche un teatro, il teatro Bellini.
Io lo frequentavo già da ragazzo. Era uno degli spazi in cui si esibivano le compagnie di avanspettacolo che fino agli anni sessanta giravano per l'Italia. L'avanspettacolo rappresentava il fascino dell'esotico, il sogno dell'avventura: l'umorismo era ingenuo, spesso fondato sui doppi sensi, ma era un genere molto apprezzato.

Un giorno, assistendo a uno spettacolo, mi trovai coinvolto in una specie di gioco; si trattava di una gag in cui alcuni spettatori, chiamati a partecipare, dovevano rispondere alle domande del presentatore inserendo nella risposta la parola "saponetta". Quando il presentatore invitò tre giovani a salire sul palcoscenico, mi presentai all'istante. Le domande si susseguivano rapidamente e quando si sbagliava si veniva squalificati. Il punto è che il presentatore era svelto a infilare domande trabocchetto. Il primo giovane venne subito squalificato, il secondo di lì a poco; quando arrivò il mio turno, nonostante il presentatore tentasse di farmi sbagliare conquistai il premio: una saponetta Palmolive, per l'appunto.

La gag riproponeva la situazione di una farsa dal titolo *Virticchio finto muto*, che mio padre rappresentava con le due principali maschere palermitane del Teatro dei Pupi: Nofrio, nelle vesti di imprenditore, offre un lavoro al suo compare Virticchio, che con poche ma precise regole avrebbe potuto guadagnare senza fatica. Prima però lo mette alla prova.

Seduto davanti a una chiesa, Virticchio deve chiedere l'elemosina facendo credere a tutti di essere muto, mentre Nofrio, che finge di essere uno sconosciuto, lo spinge a parlare.

Nofrio: «Ma avi assai ca siti mutu?» (È da tanto che siete muto?).

Virticchio [*ingenuamente*]: «No! Ora, ora cuminciavu» (No, ho appena cominciato).

Dinanzi all'errore arrivava 'u primu tumpuluni, ovvero il primo schiaffo.

Al secondo tentativo, Nofrio ribadiva: «Mischinu, stu cristianeddu è sfurtunatu... ma avi assai ca siti mutu?» (Poverino, quest'uomo è sfortunato. È da tanto che siete muto?).

Virticchio non parlava.

Nofrio [*continuando*]: «Certo, assittatu cca di stamatina, stu cristianeddu avaraviri puru fame... chi diciti, vuliti veniri a me casa? Me mugghieri preparò una pasta chi vrocculi arriminati, ca u sulu ciauru fa arrivisciri puru i morti!» (Certo, seduto qui da stamattina, questo poverino deve avere pure fame... che dite, volete venire a casa mia? Mia moglie ha preparato la pasta coi broccoli in tegame, basta l'odore a resuscitare i morti!).

Virticchio allora sbottava: «Ma vostra mugghieri 'nta pasta chi vrocculi ci li metti i passulini e pinoli?» (Ma vostra moglie nella pasta coi broccoli ce li mette l'uva passa e i pinoli?).

E qui Nofrio partiva con un'altra sonora boffa, e poi furente sbraitava contro Virticchio dicendogli che non era affidabile, che quello non era lavoro per lui, che in questo modo le guardie avrebbero scoperto subito che era un finto muto e lo avrebbero arrestato.

Virticchio riusciva a convincerlo a metterlo un'ultima volta alla prova, perché potesse dimostrare di meritare la sua fiducia, e allora si ricominciava.

Nofrio: «Talè, talè, talè, stu cristianeddu! Ma che è, mutu?» (Guarda, guarda, guarda, questo pover'uomo! Ma è muto?).

Virticchio non rispondeva.

«Mischinu, che sfurtunatu. Chi fa, vuliti veniri a me casa a manciari un piatto di pasta chi vrocculi arriminati?» (Poverino, che sfortunato. Che fa, volete venire a casa mia a mangiare un piatto di pasta con i broccoli in tegame?).

Virticchio manteneva il silenzio.

Nofrio [*tra sé*]: «Ah! Meno male, me cumpari u capìu ca unn'avi a parrari...» (Ah! Meno male, mio compare l'ha capito che non deve parlare). E poi: «Be'! Si un vuliti veniri a me casa, macari v'aiutu facennuvi a limosina. Talè, talè, talè, m'arristò sulu un sordu e una carta di cinqu liri. Chi vuliti, u sordu o i cinqu liri?» (Be'! Se non volete venire a casa mia, magari vi aiuto facendovi l'elemosina. Guarda, guarda, guarda, mi è rimasto solo un soldo e una banconota da cinque lire. Cosa volete, un soldo o le cinque lire?).

E Virticchio: «'Ca cinqu liri, chi sugnu scimunitu?» (Ma le cinque lire, che sono stupido?).

Qui finiva la farsa, con i due compari che se le davano di santa ragione tra le risate del pubblico.

Come dicevo, era una comicità semplice, che traeva ispirazione dalla quotidianità. Non c'erano pretese, soltanto l'invito a sorridere di se stessi per alleggerire lo spirito.

Il teatro brucia

Un funesto giorno del 1964, mentre mi trovavo nel nostro teatrino di cortile Schiavuzzo, si sparse la voce che il Bellini stava andando a fuoco. Insieme agli abitanti della zona ci riversammo in via Roma per raggiungere il teatro dalla discesa dei Giudici, la strada però era già bloccata dai vigili del fuoco e da una folla di curiosi. Girammo allora da corso Vittorio Emanuele, per provare ad arrivare dai Quattro Canti, ma anche da questa parte i pompieri stavano srotolando i loro lunghissimi tubi. Mentre i palermitani, accorsi in massa, tentavano di dare aiuto, era più la confusione che altro – chi urlava di qua, chi si agitava di là – e le fiamme avevano ormai avvolto il teatro. Dal tetto guizzavano lingue di fuoco, sembrava un vulcano in eruzione. Le faville si spandevano su tutta la piazza, piena di polizia e carabinieri che presidiavano lo spazio, occupato dalla folla, dagli artisti e dai tecnici della Compagnia dei Draghi, in quei giorni di scena nel teatro. Tutti si domandavano cosa avesse scatenato l'incendio: chi diceva una lampada troppo vicina a una quinta o a un sipario, chi diceva un cortocircuito... Insomma, nonostante il coraggioso intervento dei pompieri, per tutta la notte le fiamme divorarono le parti lignee, i palchetti e rovinarono buona parte delle mura; il teatro dovette essere chiuso e fu una perdita per tutta la città.

Piazza Pretoria, sede del palazzo di Città, è chiamata dai palermitani piazza della Vergogna per via delle nudità delle statue in marmo dell'imponente fontana che la occupa quasi per intero.

Una delle statue, quella dell'Ippocrene – la "fonte del cavallo" –, rappresenta una figura di donna che alcuni identificano con Giovanna I, regina di Napoli. La fantasia popolare l'ha assimilata a una donna talmente assetata d'amore da unirsi con un cavallo e morire.

Nel 1987 mi trovavo a Houston, Texas, per una tournée. Dopo lo spettacolo, alcuni membri della locale comunità siciliana mi invitarono a cena. Ora, si sa, in queste occasioni si beve, si mangia, si balla, si canta, si racconta. Un panettiere originario di Monreale, che si era trasferito in Texas con la famiglia quando era bambino, mi domandò se conoscessi la storia della regina Giovanna. Qualcosa sapevo, in effetti, ma non ero sicuro che si trattasse della stessa storia.

Lui allora fece segno ad alcuni di noi, tutti rigorosamente uomini, di avvicinarci e, in un siciliano stretto, raccontò che la regina Giovanna era ninfomane e dunque accoglieva nella sua alcova amanti di ogni estrazione sociale. Nessuno però riusciva a soddisfare le sue voglie.

Il re, suo sposo, era impegnato in guerra. Come si dice, "nenti fari ca nenti si sapi" (se non fai niente, non si sa niente): al suo ritorno, venuto a conoscenza delle imprese amorose della regina e della sua morbosa voglia non appagata, radunò per soddisfarla tutto il suo esercito. Dopo che l'ultimo soldato giacque con la regina, le domandò se si sentisse soddisfatta e lei rispose: «Sazia sì, soddisfatta mai». Allora il re la fece montare dal suo destriero e la regina Giovanna morì.

Sotto la fontana ci sono alcuni passaggi di servizio, utilizzati per la manutenzione, che conducono al palazzo di Città. Fino agli anni settanta, nel basamento della scultura in pietra della leonessa – nella parte inferiore della scalinata che si affaccia su via Maqueda – c'era un ingresso protetto da una grata di ferro, che serviva come condotto di aerazione. Durante la guerra il passaggio venne usato come ricovero antiaereo, e poi come immondezzaio; a quel punto, la grata venne rimossa e l'ingresso chiuso.

Oltre la fontana si scorgono palazzo Bonocore e palazzo Chiaramonte-Bordonaro, mentre in linea con via Maqueda ci sono la fiancata della chiesa di San Giuseppe dei Teatini e il suo convento, oggi sede della facoltà di Giurisprudenza.

Da qui si arriva nell'ottagono di piazza Vigliena, detta anche teatro del Sole, perché durante il giorno almeno una delle quinte architettoniche è illuminata dal sole. Noi palermitani la chiamiamo "i Quattro Canti", per via delle quattro fontane agli angoli, sormontate dalle statue delle quattro stagioni al primo livello, da quelle dei quattro re al secondo e, al terzo, da quelle delle quattro sante protettrici della città. Qui, dove si incrociano i due assi viari principali di Palermo – via Maqueda e corso Vittorio Emanuele –, nel Settecento avvenivano le esecuzioni pubbliche dei condannati a morte e di quelli messi alla gogna. Ormai è storia scritta che proprio qui sia stata giustiziata Giovanna Bonanno, fattucchiera palermitana meglio nota come "la vecchia dell'aceto".

Si racconta che la Bonanno fosse venuta a conoscenza di un certo aceto, preparato dall'aromataio Saverio La Monica per ammazzare i pidocchi. Una bambina lo aveva bevuto per errore rischiando di morire. L'incidente illuminò la vecchia: comprò l'intruglio, vi inzuppò una pagnotta e la diede da mangiare a un cane che legò a un angolo di porta d'Ossuna. Quando il mattino dopo tornò sul posto, trovò il cane morto: la povera bestia aveva vomitato, ma non mostrava i segni dell'avvelenamento. La Bonanno allora si ingegnò per mettere a frutto la sua scoperta. Con l'aiuto di due fidate comari – Rosa Billotta, soprannominata Cantalanotte, e Maria Pitarra, intesa Pantiddarisca –, andò in cerca di donne desiderose di sbarazzarsi dei mariti. Il sistema funzionò per qualche tempo, ma, come recita il proverbio, "la quartara tanto va all'acqua finu a quannu o si rumpi o si ciacca" (il vaso tanto va all'acqua che o si rompe o si lesiona): una di queste morti improvvise, quella di un giovane di nome Costanzo, destò più sospetti delle altre. Quando alla madre del giovane giunse voce che il figlio era stato avvelenato, si recò dal capitano di giustizia per raccontargli l'accaduto. Lui allora le consigliò di recarsi dalla Bonanno per comprare una boccetta di quell'intruglio, con la raccomandazione di lasciare intendere che serviva per un amico e con l'accortezza di farsela consegnare in presenza di testimoni. Smascherata, Giovanna Bonanno fu condannata a morte e impiccata il 30 aprile 1789 ai Quattro Canti, perché tutti potessero vederla. Si dice che quando i giudici pronunciarono la sentenza, ci tenne a precisare che non si riteneva una fattucchiera ma una "avvelenatrice di mariti". Quando già penzolava sulla forca, il boia la tirò per i piedi per assicurarsi che fosse effettivamente morta. Da questa macabra azione deriva il detto malevolo: "'U voli tirari pi li peri" (Lo vuole morto).

In fondo a via Maqueda, costeggiata da chiese e palazzi storici, si apre piazza Giuseppe Verdi, a tutti nota come piazza Massimo. Qui c'è il tempio della musica, il terzo teatro più grande d'Europa. Per costruirlo furono abbattute chiese, monasteri, palazzi, giardini, mura e bastioni che collegavano porta Maqueda con porta Carini.

Via Bara all'Olivella, dove si trovano la mia casa, il mio teatro e il mio laboratorio, è proprio di fronte al teatro Massimo. In origine, il suo nome era via Vara; così i palermitani chiamano il fercolo, ovvero la portantina che durante le processioni espone il simulacro del santo. In questo caso, quello di san Francesco di Paola, chiamato "'u Santu Patri". La processione cominciava il suo giro proprio da questa strada.

Nessun documento ufficiale lo afferma, ma pare che in questa zona si trovasse l'antica villa dei Sinibaldi, dove nacque santa Rosalia: il nome Olivella deriverebbe proprio dall'espressione latina *olim villa* che allude alla presenza dell'edificio.

L'omonima piazza – nella quale confluiscono le vie Monteleone, Patania, Bara, Giacalone e dell'Orologio – prima della Seconda guerra mondiale era delimitata da quattro prospetti: da un lato, la Casa dei Padri della Congregazione di San Filippo Neri (oggi sede del Museo Archeologico Regionale), la chiesa di Sant'Ignazio e l'attiguo oratorio di San Filippo Neri; di fronte, una cortina di palazzi allineati e volumetricamente omogenei; sul lato più corto – tra l'attuale via Monteleone e via Patania – c'era una palazzina di non particolare rilievo, mentre in linea con via Bara completava la piazza il palazzo del barone Coco, un edificio di impianto settecentesco a quattro elevazioni, delimitato dai due vicoletti dell'Itria; i vicoli traevano il nome dalla chiesa di Santa Maria dell'Itria, che a sua volta dava il nome alle mura medievali che correvano pressappoco lungo il tracciato dell'attuale via Spinuzza.

L'intero complesso architettonico perse la sua dimensione originaria nel 1938, dopo che furono demolite le mura, la piccola chiesa dell'Itria e palazzo Coco, squarciando la piazza e spezzandone l'armonia geometrica.

Il Teatro dei Pupi

Al numero 95 di via Bara all'Olivella ha sede il mio Teatro dei Pupi, inaugurato il 28 luglio 1973. Negli anni settanta via Bara era un esempio del degrado cittadino e tutto lasciava presagire che l'apertura di un nuovo teatro fosse inopportuna. Tra l'altro, la politica degli sventramenti approvata con i piani regolatori – chiamati "provvisori" – del 1956 e del 1959 prevedeva un collegamento visuale fra il teatro Massimo e il Museo Archeologico, mediante l'abbattimento di tutti gli edifici compresi tra via Bara e via dell'Orologio: ogni tipo di investimento in quel luogo sembrava pertanto una follia. Negli anni sessanta, mio padre aveva aperto un teatrino nella parallela via dell'Orologio, dunque tutta la zona mi era familiare, ma quando decisi di aprire il teatro la mia attenzione si concentrò su via Bara, a quell'epoca popolata da intere famiglie legate da rapporti di parentela: cercare una casa per i miei pupi, ancor prima che per me, era il mio unico pensiero. Ero convinto che il centro storico di Palermo, uno dei più grandi d'Europa, non potesse continuare a subire la devastazione dovuta all'incuria e alle scellerate trasformazioni urbanistiche. Così, benché sconsigliato da tutti, decisi di affittare uno dei magazzini abbandonati della zona, che da lì a poco sarebbe diventato il mio teatro.

Nel frattempo, per fortuna, a poco a poco le cose cambiarono. Mutò in primo luogo la politica, poi anche la mentalità della gente. Il patrimonio urbanistico cominciò a essere valorizzato e la pratica degli abbattimenti selvaggi venne sostituita da quella del restauro. L'apertura del mio teatro contribuì alla rinascita del quartiere. Lentamente la strada cambiò volto, a partire dall'illuminazione e dalla ristrutturazione degli antichi palazzi: mi battei strenuamente anche in Consiglio comunale per la realizzazione dell'isola pedonale, convinto com'ero che il quartiere si potesse caratterizzare per le attività artigianali e artistiche e potesse diventare luogo di ritrovo anche di una certa borghesia che all'epoca disertava il centro storico.

Sono passati quarantasei anni e l'Opera dei Pupi continua ad avere il suo cuore pulsante nel teatro di via Bara all'Olivella e nei suoi laboratori, all'interno dei quali sono custoditi gli elementi di un mestiere artigianale di grande complessità: paladini, saraceni, giganti, paggi, diavoli, angeli, figure mitologiche, macchine sceniche, oggetti della scenotecnica, cartelloni, fondali, sipari, palco, strumenti sonori, piani a cilindro. Un apparato che mostra l'unicità e la contemporaneità di questa tradizione orale e letteraria, la magia e la forza di un immaginario vastissimo, capace di parlare alle giovani generazioni come alle meno giovani, accendendo passioni, alimentando sogni e facendosi portatore di profondi valori, umani e artistici, che appartengono alla nostra storia, alla nostra lingua e alla nostra cultura.

Questa passeggiata per Palermo finisce, momentaneamente, qui. "Con tanta gloria severa per dare a tutti la buonasera" è l'espressione che conclude gli spettacoli dei pupi, invece nel cunto non c'è un vero e proprio finale: la conclusione è il punto di partenza per l'episodio successivo. Dunque, anche per questo preferisco dire: «Signuri mei, ora docu a lassamu e navutra vota a continuamu».

EPILOGO

Cosa vorrei cambiare di Palermo? Non la gente: io sono come loro e loro sono come me. Comunque, non ci riuscirei. I palermitani non cambiano mai.

Non la città. Palermo è bella, anzi bellissima, e rappresenta un punto d'incontro tra Africa ed Europa, Oriente e Occidente. È imperfetta, ma non c'è che fare.

Vorrei cambiare soltanto la fontana detta "della Vergogna", opera rinascimentale di un artista toscano poco noto, se non ignoto, di nome Francesco Camilliani. Commissionata da uno spagnolo per una villa toscana, e giunta a Palermo per vie traverse, nulla ha a che fare con la città, con la sua arte e con i suoi abitanti. È finita in piazza Pretoria, davanti al municipio, e la riempie tutta deturpandola: a Palermo il Rinascimento non è mai arrivato e dunque non ha lasciato alcun segno, la fontana stona lì e stonerebbe dovunque nella mia città. I palermitani ne sembrano molto fieri, io no.

La storia dell'acquisto della fontana e della sua collocazione è il risultato di due aspetti della mia città che non sono totalmente scomparsi. Il primo: la venerazione di tutto ciò che viene dal Continente, che sembra più bello e importante di quello che riusciamo a produrre noi; il secondo: i palermitani, notoriamente astuti e vinciurri, diventano facile preda delle "persone di fuori", dalle quali si fanno irretire e fregare negli affari.

Nel 1554 un gentiluomo spagnolo, don Luigi Álvarez de Toledo y Osorio, fratello del precedente viceré di Sicilia, don García Álvarez, volle creare a Firenze un giardino abbellito da una fontana monumentale con quarantotto statue, commissionata allo scultore Francesco Camilliani. Ma c'era un "ma": quando fu pronta, l'Álvarez era pieno di debiti e non aveva denari sufficienti a pagare l'artista. Inoltre, era sul punto di sposarsi e trasferirsi a Napoli. Fu soccorso prontamente dall'astuto fratello, don García, che persuase la città di Palermo ad acquistare la fontana a caro prezzo, coprendo per intero le spese di trasporto, e a posizionarla nel primo posto libero: sfortunatamente, proprio nella piazza del palazzo Pretorio.

La fontana arrivò a Palermo nel 1574, smontata in 644 pezzi, ma non completa. Si disse che alcune statue si erano rotte durante il viaggio, ma correva voce che l'Álvarez le avesse rubate per metterle nel suo giardino di Napoli. Palermo dovette dunque pagare il figlio dello scultore, Camillo Camilliani, perché ripristinasse i pezzi mancanti. Il lavoro fu completato nel 1581. Per fare posto alla fontana, concepita per uno spazio aperto, furono demolite diverse abitazioni. Ai palermitani la nudità delle statue non piacque e la piazza fu così soprannominata "della Vergogna". Inoltre, l'intera vicenda fu considerata esempio della corruzione politica cittadina. Oggi pochi conoscono questa storia, ma del resto nella Palermo del dopoguerra si sono registrati esempi di corruzione ben più gravi. Purtroppo.

Questa fontana è un affronto al concetto stesso di cittadinanza dei palermitani. Quello che avrebbe potuto essere uno spazio di incontro e di comunicazione, attraverso manifestazioni e soprattutto nelle occasioni festive, è interamente ingombro. Il sindaco dev'essere in grado di ascoltare i cittadini che si presentano davanti al municipio, e tutti i municipi del mondo sono costruiti in modo che la cittadinanza possa accedervi per manifestare, festeggiare e anche protestare. Io la vedrei meglio trasportata alla Marina, dove potrebbe essere più apprezzata dal pubblico.

Mi fa tristezza che la Toscana, che tanto ha dato al mondo in tutte le arti, sia presente a Palermo con questa fontana incongrua e brutta, rifiutata dal committente originario e poi venduta al senato cittadino.

È una gioia, invece, pensare che Mimmo Cuticchio e io ci siamo incontrati nel segno del pane e panelle, uno dei cibi palermitani più popolari e amati, che lo abbiamo condiviso il giorno in cui ci siamo detti che avremmo camminato insieme per Palermo, che l'avremmo percorsa, che l'avremmo incontrata e rincontrata. Grazie, pane e panelle.

Simonetta Agnello Hornby

Raccontare Palermo è sempre stato un mio desiderio. La prima volta che ci provai fu negli anni settanta, insieme allo storico Roberto Patricolo. Organizzammo un ciclo di passeggiate dentro i vicoli della Palermo di allora, ma l'idea non attecchì.

La città si era spostata nei quartieri nuovi di viale Lazio, via Leonardo da Vinci, viale Strasburgo... Strade e palazzoni moderni, tutti uguali, molto ambiti dalla piccola e media borghesia, che si identificava nelle nuove, funzionali costruzioni a più piani e nei bar e negozi alla moda. Agli occhi della classe sociale emergente, via Scippateste, via delle Sedie Volanti, via Alloro, con i loro splendidi edifici storici ma fatiscenti rappresentavano il vecchio di cui liberarsi.

Provai ancora a raccontare Palermo negli anni ottanta, stavolta con l'architetto Manlio Condello. Davamo appuntamento al Museo Antonino Salinas e da lì iniziavamo il nostro "viaggio" nella città antica, tra i vicoli dell'Olivella.

Il quartiere in quegli anni era ancora abitato dal cosiddetto popolino, che ci seguiva curioso. Il percorso iniziava all'interno del museo con una mostra fotografica, grazie alla quale si poteva conoscere l'architettura della piazza fino agli anni trenta; i responsabili del museo spiegavano, con parole semplici, l'importanza di ciò che quel luogo custodiva e noi tutti eravamo felici di riconoscere tra i visitatori anche gente comune, che probabilmente mai sarebbe entrata a visitare un museo. Il percorso proseguiva tra le piazzette e le stradine del quartiere, dove grazie ai nostri racconti la storia si intrecciava con la leggenda.

Negli anni novanta, insieme all'architetto Rosanna Piraino e in seguito con il professor Piero Longo, promuovemmo ancora queste passeggiate in occasione di alcune manifestazioni organizzate dalla mia associazione. Con soddisfazione, notammo che la città stava facendo grandi passi avanti: partecipavano alcune famiglie e tanti giovani, e si univano a noi anche turisti e viaggiatori. La storia di Palermo era raccontata come una fiaba delle *Mille e una notte* e per la prima volta veniva narrata l'anima più autentica della città. Noi ci immedesimavamo con tutta la passione e tutto l'amore che ci legano ai luoghi in cui siamo nati e cresciuti. Oggi, fortunatamente, le nuove generazioni sono più consapevoli della ricchezza del nostro patrimonio artistico e monumentale e le iniziative di questo tipo si sono moltiplicate, sostenute e promosse anche dalle amministrazioni pubbliche.

In occasione della candidatura di Palermo a Capitale europea della cultura sono stato chiamato dal sindaco Leoluca Orlando, insieme a Simonetta Agnello Hornby, per rappresentare la nostra città. Ho sentito in lei il legame profondo con Palermo, con la nostra lingua e i nostri detti antichi ma tuttora attuali, il suo amore per la cultura più autentica, lontana dai luoghi comuni e dalle mode. Dopo quell'esperienza, i nostri incontri si sono ripetuti. Ci siamo ripromessi che un giorno avremmo messo insieme i nostri ricordi, e che l'avremmo raccontata insieme, questa nostra Palermo. E per meglio raccontarla abbiamo provato a percorrerla a piedi, non prima di aver condiviso un'iris, dolce sublime che, memore – nel nome – dell'opera di Mascagni, porta dentro di sé la morbidezza e l'amore. Grazie, iris con la ricotta.

Un grazie va ai miei amici Mario Bellone e Piero Longo, che hanno contribuito a farmi affiorare alcuni ricordi, e un grazie particolare va a Elisa, compagna di vita e da una vita, collaboratrice preziosa anche in questa occasione.

Mimmo Cuticchio

Giovanna e Palermo

Un sentimento comune di gratitudine – grande, profondo – va a Giovanna Salvia, palermitana come noi, che ci ha sostenuto con pazienza e assiduità durante il lavoro di stesura e montaggio di questo libro.

Simonetta Agnello Hornby, Mimmo Cuticchio

Indice dei luoghi

Accademia di Belle Arti 59, 130-131
Addaura 55
l'Albergheria 27, 52, 59, 71, 92
Albergo Orientale 89
Antemurale 155
Archivio Storico Comunale 171
arco di Cutò 150
Arsenale della Real Marina 112

Bagni Italia 107
Bagni Virzì 106
Ballarò 40, 75, 77, 83, 148
Ballarò, mercato di 83, 115, 147-150
la Bandita 107, 163
basilica della Santissima Trinità del Cancelliere (v. chiesa della Magione)
basilica di San Francesco d'Assisi 167
Biblioteca Comunale 137, 172
Boccone del Povero 52-53
Borgo Nuovo 154

bosco della Favorita 124
Brancaccio 56
Buca della Salvezza 164

la Cala 32-33, 38-39, 46, 80, 109-111
il Capo (già Mandamento Monte di Pietà) 115, 126, 131
Capo, mercato del 80
carcere della Vicaria 111-113
carcere dell'Ucciardone 112-114
Casa dei Padri della Congregazione di San Filippo Neri 179
Casa Professa (chiesa del Gesù) 71, 83, 91-93, 143, 172
il Cassaro 33, 38, 77, 113, 140
Castello a Mare 108-110
castello della Zisa 120
castello di Maredolce 38
castello Utveggio 21
Cattedrale 132, 137
centro sociale Padre Nostro 57
chiesa dei Cocchieri 105, 168
chiesa del Carmine 84

chiesa del Santissimo Salvatore 137, 139
chiesa della Gancia 36
chiesa dell'Immacolata dei Cassari 116
chiesa dell'Immacolata Concezione 82, 134
chiesa della Madonna della Mercede 131
chiesa della Madonna della Pietà 162-163
chiesa della Magione 155
chiesa delle monache dell'Origlione 139
chiesa di Maria Santissima Addolorata 134-135
chiesa di San Cataldo 172
chiesa di San Domenico 55, 118
chiesa di San Gaetano 56-57
chiesa di San Giorgio dei Genovesi 36
chiesa di San Giovanni alla Guilla 134
chiesa di San Giuseppe dei Teatini 177
chiesa di San Mattia 160
chiesa di San Nicolò all'Albergheria (San Nicolò di Bari) 51, 139, 143
chiesa di San Nicolò di Tolentino 170
chiesa di Sant'Anna 169
chiesa di Santa Caterina d'Alessandria 172
chiesa di Sant'Eulalia dei Catalani 111
chiesa di Santa Lucia al Borgo 140
chiesa di Santa Maria dell'Ammiraglio (detta la Martorana) 172
chiesa di Santa Maria della Catena 32, 38, 109
chiesa di Santa Maria dell'Itria 180
chiesa di Santa Maria delle Vergini 118
chiesa di Santa Teresa 160
chiesa di Sant'Agostino (detta anche di Santa Rita) 86, 122, 125
chiesa di Sant'Antonio Abate 118
chiesa di Sant'Ignazio 179
chiesa valdese 32
cimitero dei Rotoli 36, 194
cinema Biondo 103
cinema Bomboniera 103
cinema Finocchiaro 103, 105
cinema Vittorio Emanuele 103
clinica Triolo Zancla 111
Collegio Massimo dei Gesuiti 137
la Conca d'Oro 20, 56, 109, 147, 161
convento dei Gesuiti 172
convento della Gancia 164
convento dello Schiavuzzo 153
convento di Santa Maria del Gesù 164
Convitto Nazionale 137
corso Alberto Amedeo 81
corso dei Mille 141, 154

corso Tuköry 150
corso Vittorio Emanuele (via Vittorio Emanuele) 75, 77, 111, 137, 176, 178
cortile San Carlo 152
cortile Schiavuzzo 14, 153, 175

i Danisinni 117

Ecomuseo del Mare 106

fontana del Garraffo 111, 115
fontana Pretoria (detta della Vergogna) 71, 176, 185
Fieravecchia-Lattarini, mercato della 115

GAM (Galleria d'Arte Moderna) 169
Giardino dei Giusti 154
la Guzzetta 170

Hotel de France 167

istituto F.D. Roosevelt 55
istituto di padre Messina 15, 46-50, 55, 103

la Kalsa (già Mandamento dei Tribunali) 15, 23, 47, 110, 159, 166

Liceo musicale Regina Margherita 139

il Macello 102-103
la Madonnina 106

la Marina 7, 33, 44, 46, 124, 161, 163, 187
la Meschita 170-171
Missione di Speranza e Carità 60-61
Molo Nord 101
monastero della Sapienza 155
monastero di Santa Caterina d'Alessandria 172
monastero di Santa Maria dello Spasimo 159
Mondello 106
Monte Pellegrino 20-22, 24, 33-34, 54, 107, 123-124, 161
Museo Archeologico Regionale Antonino Salinas 179, 189
Museo Regionale (v. palazzo Abatellis)
Museo del Risorgimento 118

noviziato dei Crociferi 160

oratorio di San Filippo Neri 179
oratorio di San Lorenzo 86-88
oratorio di Santa Cita 86-87

palazzo Abatellis 119, 163
palazzo Alliata di Pietratagliata 119
palazzo delle Aquile 112
palazzo Aragona 168
palazzo Bonocore 177
palazzo Butera 161-162
palazzo Chiaramonte-Bordonaro 177
palazzo di Città 176-177
palazzo Coco 180

palazzo Fatta 165
palazzo Fernandez 131
palazzo delle Finanze 111
palazzo Forcella-De Seta 160
palazzo Galletti 165
palazzo Gangi 169
palazzo di Giustizia 110, 134
palazzo dei Normanni (v. palazzo Reale)
palazzo Reale 109, 136
palazzo Scavuzzo 153
palazzo Sclafani 163
palazzo Steri 140, 165-166
palazzo della Zisa 120
panificio Morello 131
passeggiata delle Cattive 162
Petrucci 106
piano di San Francesco di Paola 124
piano di Sant'Anna 131
piazza Ballarò 143, 147
piazza Bellini 172
piazza Borsa (v. piazza Cassa di Risparmio)
piazza del Capo 130
piazza Caracciolo 116
piazza del Carmine 150
piazza Cassa di Risparmio 102, 169
piazza Crispi 104
piazza Croce dei Vespri 169
piazza Fonderia 42
piazza del Garraffello 112, 116
piazza Kalsa 159
piazza Magione 14, 154
piazza Marina 112, 115, 140, 165-167

piazza Massimo (v. piazza Verdi)
piazza della Memoria 110
piazza Monte di Pietà 123, 125
piazza Politeama 8, 31
piazza Pretoria (detta anche piazza della Vergogna) 71, 176, 185
piazza Rivoluzione (già piazza della Fieravecchia) 14-15, 106, 109, 112, 151-152, 171
piazza San Francesco d'Assisi 167
piazza Sant'Anna 170
piazza Sant'Onofrio 125-126
piazza Sett'Angeli 137
piazza XIII Vittime 36, 108, 164
piazza Verdi 71, 179
piazza Vigliena (detta il teatro del Sole; v. i Quattro Canti)
piazzetta del Noviziato 110
piazzetta delle Dogane 155
ponte dell'Ammiraglio 103, 109
porta della Calcina 111
porta Carbone 111
porta Carini 132, 179
porta della Doganella 111
porta d'Ossuna 178
porta Felice 33
porta dei Greci 160
porta Maqueda 179
porta Sant'Agata 136
porta di Termini 109, 151

i Quattro Canti (v. piazza Vigliena) 8, 176-178

Rettorato dell'Università di Palermo 166
rettoria di San Francesco Saverio 59
Romagnolo 106

Sant'Erasmo 47, 103, 105-106
lo Scaricatore 104
Schiavoni del Seralcadio 108
Società Siciliana di Storia Patria 118
Sperone 106
la Stanza dello Scirocco 129
stazione Centrale 73

teatro Bellini 173
teatro Biondo 118
teatro Garibaldi 154
teatro Libero 142
teatro Massimo 22, 34, 179-180
teatro Politeama Garibaldi 31
Teatro dei Pupi 180

vanedda 'i l'Orfani (v. vicolo degli Orfani)
il Vecchio Pescatore 106
via Alloro 15, 105, 119, 152, 162, 164, 168, 189
via Bandiera 41, 53-54, 118-119
via Bara all'Olivella 8, 179-181
via dei Barellai 38
via Beati Paoli 129, 134-135
via dei Biscottari 63
via Butera 161
via dei Calderai 170
via dei Candelai 102
via Cappuccinelle 131

via Carini 40
via dei Cassari 116
via Castro 139, 148
via Castrofilippo 154
via Cavour 34, 107
via Chiappara al Carmine 150
via dei Chiavettieri 165
via Divisi 171
via Garibaldi 151
via Giacalone 179
via Giardinaccio 170-171
via Leonardo da Vinci 189
via Libertà (viale della Libertà) 32-33, 59, 71
via Lungarini 102
via Maestri d'Acqua 152
via Manzoni 89
via Maqueda 32, 63, 71, 118-119, 150, 170-171, 177-179
via Messina Marine 55, 106
via Monteleone 179
via dell'Orologio 179
via Papireto 131
via del Pappagallo 140
via Patania 119, 179
via Paternostro 168
via della Perciata 143
via del Ponticello 171
via Porta di Castro 62-64, 143
via Principe Giuseppe 119
via Puglia 63
via Roma 118, 176
via Ruggero Settimo 32, 71
via di San Giosafat 63
via Sant'Agata alla Guilla 136-137
via Scippateste 189
via Scopari 15

via delle Sedie Volanti 189
via dello Spezio 32
via Spinuzza 180
vi dei Tintori 111
via Torino 150
via Torremuzza 160-161
via Venezia 118
via Vetriera 14, 156, 158
via Wagner 31-33
viale Lazio 189
viale Strasburgo 189
vicolo Conte Cagliostro 143
vicolo Conte Federico 148

vicolo Marotta 102
vicolo degli Orfani 110, 129-130
vicolo Ragusi 102
vicolo San Giuseppe d'Arimatea 62
villa Bonanno 110
villa Deliella 104
villa Garibaldi 165, 167
villa Giulia 33, 110, 112
villa Whitaker 35, 107
Vucciria, mercato della 111

Zen 154

Indice

- 7   Dall'alto
- 11   Perché sono nata a Palermo
- 13   Come tanti piccoli Colapesce
- 19   Il monte masculo
- 65   Cu nesci arrinisci
- 99   Il canto delle sirene
- 145   Cu avi lingua passa lu mari
- 183   Epilogo

- 193   Indice dei luoghi

Mondadori Libri S.p.A.

Questo volume è stato stampato
presso ELCOGRAF S.p.A.
Stabilimento - Cles (TN)

Stampato in Italia - Printed in Italy